成为一把柳叶刀

THE SOUL OF A DOCTOR

Harvard Medical Students Face Life and Death

[美]苏珊·波利斯 萨钦·杰恩 戈登·哈珀 编著
Susan Pories Sachin H. Jain Gordon Harper

白瑞霞 译 周一 审校

湖南人民出版社·长沙

当人们问起——近来尤其常被问到,这么多年我是如何做到对医学和诗歌抱有同等的热情的时,我回答说,于我而言,它们几乎毫无差别。

——美国著名诗人、医学博士威廉·卡洛斯·威廉姆斯(William Carlos Williams, 1883—1963)

目　录

前　言　　001
序　　　　006
导　言　　011

第一章　如何沟通

医生要像奥普拉　　018
学习问诊　　023
难缠的患者　　027
无解的难题　　032
病房里的情感战争　　037
告知坏消息　　044
直白的答案　　048
开门的钥匙　　053
找回丢失的倾听艺术　　058

第二章 拥有同理心

跨越隔阂　　　　066

十二小时的缘分　　072

真心说声对不起　　076

我和她的"科尼岛"　083

"赤裸裸"的真相　　089

正在失去的大脑　　094

总有一些时刻　　　097

"大体老师"　　　　101

朗伍德夫人　　　　104

第三章　抚慰痛苦和减少损失

希望有下次	116
乌龟赛跑	124
"从很远很远的地方看着这个世界"	142
清晨急诊室里的忧伤	147
"斑马"不是马	152
最后的祷告	156
受限的生命	164
解　剖	168
星期天	173
生命流转	178
如果是你	187
急救代码	191
医学的核心	198

第四章 探寻更好的方法

黑色的诊疗包 204
重症监护室里的心音 213
重　塑 217
位　置 220
身　份 225
局外人 232
铜墙铁壁 236
学会放手 241
疗愈的旋转圈 250
辛苦了 254
再来一遍 259
成　长 262

结　语 276

前　言

医生这份职业自有其独特之处。它会让你亲历和见证生命历程的奥秘：出生的奇妙、死亡的困惑以及在痛苦中寻求意义的奋力抗争。医患之间会产生一种直接的亲密关系。生死面前，人性的每一面都无所遁形。而一名医生的个人经历与经验也远远超出临床医学的范畴，因为他遇到的每一个患者从来都不只是某一种疾病或生理紊乱本身。医患之间经历的种种其实是数不清也讲不完的人生故事。

有人说文学的主题可以划分为两大类：或远离故土，踏上征途；或"村里来了陌生人"。这种一分为二的方式自然过于笼统和简单，但它又透露出些许真理。可以说，医学恰好将这两大主题熔于一炉：患者踏上征程，在这未知旅程中陪伴在侧的就是他的医生;"村里来了陌生人",这"陌生人"便是疾病——一个打破了日常生活的不速之客。前路漫漫,去往何方?结伴而行的两个"人"会有什么样的变化?最终,这个"陌生人"是被成功地驱逐出境还是在某种程度上被制服?每一则故事就此便有了它截然不同的戏剧性。在诊断和治疗的过程中,作为医生,我们目睹过平静的胜利和艰难的失败,也见证过对爱的考验和对信仰的质疑。人生如斯,喜忧参半,勇敢与怯懦并存,痛苦与快乐并行。

本书收录的文章内容涵盖了以上提及的种种状况。文章的作者是一群刚入行的医学院学生。他们恰好处于一个特殊的位置:既不是毫无医学背景的大众群体,也不是业已取得行医执照的正式医生。当他们踏进医院开始初次实习,在接触到真实的患者时,他们不仅要学习如何将理论与实践相结合,而且还要深刻体会如何与患者相处,由此逐步形成自己的行医之道。回顾实习的这段经历,他们以坦诚的笔触记录了患者的困境及其内心的挣扎。有意思的是,他们的自我怀疑与担忧反而让我们有了一种踏实感,因为最好的医生往往都是具有极强的自我反思意识的人。与此同时,我也为他们逐渐出现的"自我"而感到欢欣鼓舞。因为只有具备足够强大的"自我",医生才能在面对让人心力交瘁的可怕疾病时既不畏惧也不退缩。

当我还是一名医学生的时候,没有像他们现在这样的机会书写自己的实习经历,或者说进行深刻的自我反思。三十年前,人们很少会花时间和精力去关注一名初入病房的医学生在面对患者时的个人情绪和感受,所有的重点都放在如何获取理论知识和实际操作层面的知识上。评判一名医学生在实习期间是否合格的标准也完全取决于他能否准确地解释患者的病情并提出可行的治疗方案。医术精湛与否当然是评价一名医生的首要条件。然而,如果一名医生不能探究患者的心理,不能让患者感受到关爱,那么彰显行医神圣使命中的重要一环也便丢失了。

同样地,在三十年前,医生面对患者时也很少留意自己的言行。事实上,医生个人的言行举止会给患者及其家属带来长久的影响。医学院的学生通常会很快习得一种程式化的表达方式,例如"您的症状符合心肌缺血的表现""根据我们的治疗方案,您最好切除腺癌""辅助化疗对症状的缓解率可高达50%",等等。这种充斥着专业术语、听上去冷冰冰的表达往往是行业要求,因为它明确、完整,有利于同行间进行交流。但是，对于普通人来说，这样的表达不仅含义不明，而且还阻碍了患者的进一步理解或与医生进行深入交流的可能。医生也因此丧失了了解患者的价值观或个人信仰的机会，而这一点恰巧是促使患者选择自己心中最佳医治方案的根本。实际上，医生有必要对患者详述病情，因为生病不只是一个人的肠、胃、肝等脏器出了问题，还会波及一个人生活的方方面面。面对"生病"的现实，诊断与治疗通常是患者开始观照个人情绪的第一步，也是处理生病对其社会生活的影响的第一步，是医患双方就如何应对疾病进行对话的第一步。然而令人遗憾的是，真正的对话少之又少。

我想，医疗行业的从业者书写自己与患者之间的故事可以让我们重拾一种最自然的语言表达——既具备专业的精准性，又贴近普通人的情感认知。这样的书写有助于让医生走下专业的"神坛"，以一种更贴合人心的方式检视我们身心内外的世界。

医学界的整体氛围目前正在发生转变。我们看重并书写医者的从医经历就是体现这种转变的一部分。阅读本书就是在证明这种书写所具有的价值。书中收录的文章内容涵盖了医学院不同学科的学生在其职业发展及个人成长关键时期的种种经历与情感体验，通过了解他们的所思、所得与所求，我们必将获益良多。

医学博士杰罗姆·E.格罗普曼

序

过去近十年间,我一直在哈佛医学院教授一门有关医患关系的课程。这门课与我教授的其他课程很不一样,最后甚至改变了我自己的生活。在讲授"乳腺癌的诊断与治疗"这门课时,通常都是我站在台上,一群学生坐在台下。可是,选修"医患关系"这门课的学生加起来不超过十个人。结果我连讲台都不用站了,我和同学们围坐在一起就开始授业解惑了。这门课自有它的教学计划,可是很多次,我们都把准备好的阅读材料放在一旁,转而讨论学生们在病房里各自的切身体验。课程伊始,我还不能自称这门课讲得有多好。后来当我开始少说多听之后,我才真正感受到教学相长的含义。我想我不仅在成为一名更好的老师,也在成为一名更好的医生和一个更好的人。

在教学医院里,患者往往就是医学生最好的老师。通过与患者相处、记录病史、撰写病历,以及为患者做全面的身体检查,医学生们能够不断地丰富自己的学识。此时的医学生还不是正式的医生。这种身份的特殊性使他们能与患者建立一种独特的关系。他们一方面可以帮助患者了解病情和诊疗手段,另一方面也让住院医师与其他医生留意到患者的顾虑和考量。他们初入医院,在与患者的亲密互动中成为医患之间交流和沟通的桥梁。通常,限于日常忙碌的工作安排,医生查房时与某患者的交流或许不会超过十五分钟。而医学生则有充足的时间和患者坐在一起聊天,了解他们及其家人。这种个人之间的互动和信任反而成为患者在面对一些艰难的治疗选择时作出最后决定的关键因素。医学生也是整个医疗团队中唯一有时间认真翻阅所有医疗记录的人,他们很有可能找到之前被忽略或被遗漏的某些重大线索。因此,在我看来,倾听学生们讲述自己在医院实习期间的所见所闻非常重要。

除了课上的分享,"医患关系"这门课还要求学生将自己的经历写成文章。本书中收录的文章恰是他们沉淀反思后的成果。尽管有的学生会试图展示一个成功的医生形象，但大部分都从内心出发记录自己在一个崭新的医学世界里刻骨铭心的经历。他们的坦诚与真实让我深受感动。他们对自己心路历程的记述让我看到了一群年轻学子怀抱理想在学医道路上的上下求索。

然而，一如本书文章中所展示的那样，对医学生而言，他们在病房面临的最大的挑战并非医学原理或临床知识，而是如何富有同理心。同理心不等同于同情心。如果说同情只意味着怜悯，那么同理还包含了理解。要做到在患者的境况中与他们"同行"，需要不带任何价值预判地尊重患者，并对患者的经历给予真正的理解。对患者而言，一位具备同理心的医生所展现出的关爱和友善是他们最珍视的东西。与此同时，对医学生来说，以共情同理的态度维护专业的精准是他们需要努力学习才能掌握的微妙平衡。

同理心是一种除了学习范例外——无论是通过正面的还是负面的例子——很难再有其他方法可以提升的个人品质。医学生需要观察有经验的医生身体力行的诸多细节，从而明白同理心的真正含义。譬如，学生们可以观察有经验的医生们如何坐在患者的床边，拉着患者的手，详细解释病情的前因后果；如何在为患者进行检查时保持温柔和尊重；如何考虑周全地回答患者提出的问题；如何宽慰患者的家属，帮助患者在病床上找到一个舒服的姿势，确保止痛药已订购充足；如何帮助患者制订出院后的康复计划等。

当然，"三人行，必有我师"。经验再丰富的医生也可以从医学生那里获益良多。然而，令人遗憾的是，一如文章所述，这样的反向学习并不多见。比如，医学生们发现医疗团队曾忽视了某些重大线索，看到医生并没有及时处理患者的问题或是意识到医生告知患者坏消息时的方式并不妥当等。正是通过他们的观察和提醒，我们才会认识到学医的道路永无止境。

在我接受职业训练的时代，外科医生通常都被看作手术室里的"掌舵人"。大家需要他们果断有力，但这种话事权又往往会让他们显得有些盛气凌人。今天，人们不再将外科医生看作"掌舵人"，而是看作团队中的领头羊。无论他们的角色发生了怎样的变化，人们始终认为外科医生必须"皮糙肉厚"。唯有如此，他们才能带好一个并不好带的队伍。显然，他们强硬的做事风格在学生当中并不讨人喜欢。在这里可以举个小例子予以说明。我在编辑这本书的时候，曾建议一名学生将在讲述自己从一名女性外科医生那里得到反馈时的用词从"一条外科式的评论"改为"一个简短的评论"。结果，他在回信时写道，自己真就喜欢"外科式的"这几个字，因为"外科医生的说话方式就是这样：简洁有力、一语中的，充满手术风格"。可以说，他的总结很到位。作为一名年轻的外科主治医师，我也逐渐意识到首席外科住院医师通常使用的那种充满专业词汇的表达方式并非毫无问题。事实上，它反而会影响我作为一个人、一名医护工作人员和一位医学教育从业者的进步。

作为一名女性、一名乳腺科的外科医生，我深知"理解与关爱"在我的日常工作中与专业技能、临床知识和工作效率一样占据着同等重要的位置。学生们的观察和反思让我从一个全新的视角重新看待医学界，了解并贴近患者的思路，并再次重温促使自己踏上学医之路的美好初衷。对此，我的心中满怀感激。

医学博士苏珊·波利斯

导　言

在麻省总医院（MGH）急诊科实习的那段日子是我在医学院就读期间最难熬的一段时光。我跟着外科住院医师一起接诊，这也就意味着我每隔一天便要连续工作二十四小时。除了要进行相对轻微的撕裂伤的缝合之外，我还需要参与创伤的治疗。每次一接到外伤患者——他们通常都是枪伤、刺伤或交通事故的受害者——我都需要将他们的血液送往化验室。这份差事虽平常，却让我站在了目睹以往只会出现在晚间新闻里的人间惨剧的最前排。但是，从另一种意义上来说，有一些人也正因此才踏上了自己的学医之路。

记得在我随时待命的第三个夜晚的午夜时分，突然听见有人喊："创伤团队赶紧到创伤处理室！"我拿好各种必需的小瓶子急匆匆地赶了过去。患者已经到了，我看见了从未遇到过的紧急情况。之前值班的时候，我接手处理的患者往往最后都能无须搀扶地走出急诊室。可是，现在的情况大不一样：躺在轮床上的是一位七十三岁的老奶奶。她被一辆时速六十五英里（约104.6千米）的汽车撞倒之后，整个人飞出去了十五英尺（约4.6米），臀部被摔得粉碎，我们为她输血的速度远跟不上她失血的速度。

这位老奶奶需要紧急送往手术室。带我的外科住院医师让我立马向她的家人询问其过往病史。我胆战心惊地来到等候区，看到了她已经八十岁高龄的丈夫。我将老人带到一间私人会客室，试图简明扼要地说明来意。

我开口说："您好，真是抱歉现在打扰您，但是您的妻子马上就要进入手术室，情况很不稳定，所以我们需要知道她的过往病史。她目前存在什么健康问题或正在服用什么药物吗？"

说实话，我第一次遇到一位八十岁的老爷爷在我的面前痛哭流涕。他抽泣着一遍又一遍地对我说："没有，没有，没有……今天是我的生日。我们俩到了赌场正准备下车。她不听我的，一个人愣头愣脑地就往前冲！你看看发生了什么！告诉我，她会没事的，没事的，对吗，对吗？"他一直在哭，我心里特别难受。我轻轻地按着他的肩膀，不得不接着问他后续的问题。后来他告诉我，除了高血压，老奶奶没有任何不适，也没有药物过敏史。可以说，老奶奶的身体状况一直不错。他们俩也已结婚整整五十五年。

老奶奶最终还是没能从手术台上下来。那天我一个人回到家，爬上床，尽管已经二十七个小时没有合眼，我却毫无睡意。

在走进医学院之前，我坚信自己会救死扶伤，缓解他人遭受的痛苦，和患者成为朋友，而后每天心满意足地回家。因此我一直都觉得所有的付出和努力是值得的。现在我才知道当初的自己对今天所经历的一切怀抱着多么天真的想法！

照顾病患带给我很多在这个职业上我想要的东西。我曾经陪伴一名重症肌无力（一种会使人逐渐衰弱的自身免疫疾病）患者一路从鬼门关走了过来。一位我曾经缝合过伤口的患者在伤愈后专门回到医院送给我两条领带以示感谢。但是，我从未想过如何面对一位七十三岁的老奶奶在自己丈夫生日的这一天出车祸身亡的悲惨现实，从未考虑过医学的局限性会带给我无言的愤怒，从未预料过我面对错综复杂的医疗体系造成的层层障碍会那么心力交瘁，更没有预想过我因自己有可能对患者造成的某种伤害而心生愧疚和恐惧。是的，我也从未想过自己会在二十四岁这一年如此认真地思考自己的死亡。我一步步地看到了曾经无知与天真的自己。

政治学家迈克尔·沃尔泽[①]曾经就"社会批评"现象撰写过大量的文章。他认为一个理想的社会批评者虽身处社会之中却能超脱进行评判性的思考。我觉得医学生就完全践行了沃尔泽的理念。医学生在掌握医学知识的同时依然心怀理想,并没有被日常的社会现实完全裹挟。他们比社会上的任何群体都对我们的医疗体系有着更多、更深的思考,也对现有体系中的缺陷以及这些缺陷有可能对患者造成的影响有着更加敏锐的判断。

这本书中收录的文章均出自就读于哈佛医学院的年轻学子。他们真切地记录了自己作为初入医门的大学生学习如何对患者的健康及生命负责时内心发生的转变。他们讲述的故事,有的会激励年青一代的医疗行业从业者砥砺前行,有的则会让我们正视目前护理行业存在的问题。本书共分为四个主题,分别是:"如何沟通""拥有同理心""抚慰痛苦和减少损失""探寻更好的方法"。所有的文章都反映了医务

[①] 迈克尔·沃尔泽(Michael Walzer, 1935—),美国政治理论家,普林斯顿高等研究院荣誉教授,作品多涉及政治伦理和社群主义。——本书注释均为译者注。

工作者在照顾病患时所体验到的复杂的情感和所面对的艰难的挑战。总体而言，这些文章让我们有幸看到了年轻的医学生在成长的过程中对自己以及整个行业发展所进行的思考与期望。

萨钦·杰恩

第一章

如何沟通

医生要像奥普拉[①]

阿拉克·雷（Alaka Ray）

我逐渐明白行医的目的并不一定是治愈患者。很多时候，我们作为医生所能做的不过是患者本人希望你或者愿意让你做的。这通常意味着医生必须做很多工作。有些患者希望得到腹部CT扫描的复杂成像，想要做全方位的血液检测，甚至要求进行额外的骨扫描。他们大都谨遵医嘱，按时服药，并且积极配合各种诊断性的检查。

然而，最近我遇到了一个来自科罗拉多州特立尼

[①] 奥普拉，是指奥普拉·盖尔·温弗里（Oprah Gail Winfrey,1954—　），出生于美国密西西比州，美国著名电视脱口秀主持人、制作人与投资人。

达市（Trinidad）的患者A女士。她是一名退休的裁缝，在住院六天后就办理了出院手续。不过，她的出院理由并不是病情好转。事实上，她属于我们所谓的"模糊主诉"①。A女士身形娇小，体重在过去一年里掉了整整30磅（约13.61千克）。她偶有呕血，伴有颈部疼痛。可是，如果你想要让她描述疼痛的具体感受、位置，或者以一分到十分这样简单的量度来说明疼痛的程度，她都会一口回绝，继而态度坚决地说："疼的又不是你，你哪能明白？就像我不可能理解你的痛苦，你又怎么可能知道我的呢？"

对此，我们都只能点点头。

接着，我们开始对她进行一系列的身体检查。可是，就在做完腹部CT扫描、大量的血液检测、结核和艾滋病病毒检验之后，她便不再配合了。想要说服她喝下难以下咽的结肠镜检查准备剂简直比登天还难。对于任何用于检查的静脉注射，她也都统统拒绝。我们一个个苦口婆心地劝她，可是几轮过后，毫无进展。住院部的医生开始试探性地提议："哎，我

---

① "模糊主诉"（vague complaints）是指患者无法准确地、清晰地描述自己的病情、症状和感受。与之相对应的是清晰主诉（precise complaints）。

说,你要不要去问问A女士能不能同意做这个?"

可惜,谈话与劝说都收效甚微。她丝毫没有想要配合我们的意思,甚至声称自己要是有钱早就跑去加拿大治疗了。这让我们既尴尬又沮丧。为了治好她,我们不仅每天一大早要制定出一份详尽的诊疗计划,还得坐下来和她仔细分析其中的好处。然而,我们的每一项提议都被她断然否决。对我们而言,这一点也不公平。

随着我和她聊得越多越深入,我就越发担心她。一天下午,我发现她自以为"知道"自己得了什么病——一种"名嘴"奥普拉曾经在自己的电视节目上探讨过的癌症。她还曾写信给对方索要更多的信息,并表示可以亲临现场参加节目录制。

"当然了,已经有和我一样得了这种病的人上了这个节目,"她解释说,"他们应该不会再邀请我了。"

这个发现让大家感到情况不妙。所以,当看见医院的牧师在就诊病历上写下"该患者觉得自己必须去加州找奥普拉"时,我们当即决定寻求医院精神科同事的帮助。在给他们打电话的时候,我们也想过是不是应该告诉她，奥普拉其实住在芝加哥。

A女士拒绝见精神科的医生，也不同意服用任何抗抑郁的药物。根据我们的检查结果，除"内疚感"这一项外，她的表现完全符合抑郁症的其他症状。她对自己身体的认知有一种神奇的自信。她不喜欢抗抑郁药物会带来的身体影响，也不认为我们已经获取了足以破解她身体秘密的信息。不过，话说回来，在很多方面她就像是一面镜子，让我们看到或者意识到以往大多数人对医生是一种毫无条件的绝对服从以及对自己的身体是一种模糊认知。两相对比，着实让我们的观念为之一新，更让我们为之一振。毋庸置疑，A女士对自己的身体拥有所有权。可是，当她非要坚持在肚皮上粘贴硬币来"缓解"疼痛时，她对科学的无知也显而易见，不容否认。她的用药表变成了一长串的"患者拒绝服用"。我们开出的每一项检测也都被她断然拒绝，最后迫不得已，也只能允许她出院了。我们所能做的无非是恳求她多吃点东西，再劝她回去之后和自己的保健医生[①]好好聊聊。

[①] 保健医生或家庭医生是一种流行于英美的医疗分流制度。往往一个家庭在当地按就近原则，在某一诊所或医疗机构登记注册以获得日常基本的医疗帮助。在此类诊所或医疗机构工作的医生被称为保健医生或家庭医生。

A女士出院了。临走前,她向我郑重宣告——这辈子她都不会再踏进医院半步。

记得当时的住院实习医师在为她打印《出院报告》时问了一句:"我们究竟为她做了些什么?"是呀,这份报告实在是乏善可陈。我们甚至连药都没机会开。这次经历让我强烈地意识到,作为医生,我们是多么深切地依赖于患者给予我们的信任、尊重与配合。不像学校有各项校规校纪,在医院并没有明文规定一个人必须接受医生的诊疗。除非患者愿意,否则医生的善意与建议根本无法付诸实施。归根结底,倘若我们不花费时间和精力跨越文化、宗教以及心理上的种种障碍与藩篱,将永远也不会知道究竟有多少患者是在心灰意冷和孤独无助的情况下离开了我们,离开了医院。真心希望我们医生个个都好似奥普拉!

学习问诊

乔·莱特（Joe Wright）

我就读的医学院几乎从一开始——在学生对患者的病情还一无所知时便安排我们与患者直接沟通，学习问诊。这样做的目的并不是想让我们做出诊断，而是让我们学习如何以一种开放的态度了解患者的故事，理解患者关心的问题，倾听患者的心声。

记得我在入学前对自己在学习期间可能会遇到的各种挑战都有挂虑，却唯独不担心与患者交流这件事，因为我之前所从事的工作就是采访。从青年监狱关押的犯人到急诊室的患者，我采访过的对象真可谓形形色色，应有尽有。我会和他们谈及曾经的罪行、懊悔的过错、惧怕的疾病以及心中的爱人。有一次，就在街角，我径直走上前去询问路人甲的性生活。我们俩站在大街上对其中的细节侃侃而谈。所以，即使我不可能一上来就和患者聊什么是G蛋白偶联受体[①]，我也一直自诩是一个共情能力了不起的"沟通大师"。

说实话，在问诊方面我至少一开始并没有表现得很差。当然，也没有多么好，只能算是勉强说得过去。我一度很难将患者的陈述完整地联系起来。医生问诊就好比侦探破案，只不过目的不是调查真相而是试图阻止死伤的出现。通常，能够完整描述病痛过程的只有患者本人。那么，医生就需要根据患者的陈述，依托自己的学科知识梳理出前因后果。对医生而言，一句简单的"这就是你会感到疼痛的原因"，实际上意味着他需要清楚地知道疼痛发生的时间、具体感受以及后续可能会出现的症状。

然而，现实情况是患者的陈述往往跳来跳去，且前后转换得毫无征兆。他们讲述症状的过程大都杂乱

---

① G蛋白偶联受体（G Protein-coupled receptors）是一大类膜蛋白受体的统称，参与很多细胞信号的转导过程。G蛋白偶联受体能结合细胞周围环境中的化学物质，激活细胞内的一系列信号通路，从而引起细胞状态的改变。

无序。有时候，他们会告诉我他们自以为有联系但实际毫不相干的两件事，又或是相反的情况。这位患者究竟是因为和妻子吵架导致了头晕，还是因为他这一天摊上的好几件彼此无关却都至关重要的大事而引发了头晕呢？要一一厘清这些问题着实困难。

患者经常会不经意间为你展开一幅极其广阔的生活画卷——"当然，这得说回我当初参战那会儿……"结果，我往往因为急于弄清楚前面提到的一些细节而忘了继续跟进。可是，我又需要一个清楚的来龙去脉，于是便记录下了更多的细节。经过反复不断的训练，我慢慢学会了如何将患者口中原本杂乱无章的故事重新挖掘并整理出一个合乎逻辑的新故事，也学会了如何将一个跑题太远的患者赶紧给拉回来。

举例来说，如果前来看病的某位男士从胸痛一路聊到了工作中遇到的一些问题，我会立马说："哦，S先生，不好意思，我还想再问几个有关胸痛的问题。"

这样训练了几个月以后，我们开始对自己问诊患者的过程进行录像。事后，我看着视频中的自己，心想：这哪里是什么"沟通大师"？只见我一直在奋笔疾书，偶尔抬头看一眼患者，问几个简短甚至生硬的问题，接着视线又回到了笔记本上。天啊，我简直就是一台记笔记的机器！

更糟糕的是，我还真心喜欢这位出现在视频中的患者。即使是在问诊结束的数周之后，我依然记得她复杂的病史、坚定的生活态度和谈论起家人、朋友时流露出的那份温暖。我多么希望自己不是视频当中那个头发凌乱、邋里邋遢的医生！可以说，我给人的感觉一点儿也不和善可亲，甚至还有些粗鲁无礼。不过短短数月，我怎么一下就从"沟通大师"变成了"鲁莽达人"？

看着视频中自己奋笔疾书的样子，我突然意识到我本人也从未和某位医生聊过这么多。我也明白如果要为患者答疑解惑、帮助他们重获健康与喜乐，那么我的视线首先就应该离开我的笔记本。

难缠的患者

斐英（Anh Bui）

十五岁的杰西卡身材肥胖，态度强硬，是我在第一次轮转实习时遇到的第一位患者。她在很多方面与同龄人无异：喜欢没完没了地看电视；戴眉钉和舌钉；对菜单上的油炸食品情有独钟。可是，她又在很多方面和别人不一样。杰西卡患有严重的慢性哮喘，不得不重读九年级，另外她还深受抑郁症和自杀念头的折磨。更糟糕的是，她这次入院是因为静脉血栓的形成和肺栓塞。承受这一切的她不过十五岁。

负责医治的医疗团队成员都不喜欢她。医生们写进她病历的评语大都是"难以应对""从不遵医嘱""真是难缠"等。她的肺科主管大夫不愿意再为她安排后续的预约，一心想把她转给其他同事。只要有人提起她的名字，大家都会向对方投以同情的目光。我承认，杰西卡的确很难缠。她痛点很低、总在抱怨、回答问题时从来都不会直视你的眼睛。她把医生的嘱咐当耳旁风，对待为她看诊的医生或其他医护人员毫无尊重之心。当然，话说回来，大家也不大尊重她这个患者。

那么，问题来了——就是这样一个明明对医疗机构极其厌烦的人却又不得不完全地依赖于它。根据最新的检测报告，她不仅患有慢性哮喘，还有凝血因子Ⅴ莱顿突变[①]的问题。正是这一突变引发了血凝过快，也就是说，她会更易于在全身各处形成血栓。目前，杰西卡的双腿和肺部均已出现了血栓现象。她将不得不终身服用抗凝血剂可迈丁锭，并不断地进行各种有必要的定期检查。我差点忘了说,她特别讨厌打针,可却偏偏需要静脉注射镇静剂劳拉西泮来缓解紧张和焦虑。此外还需要每周至少抽血一次进行化验，

---

① 凝血因子Ⅴ莱顿突变（Factor V Leiden mutation, FVL）由科学家于1994年在荷兰莱顿城发现。这一突变会抑制活性蛋白C的作用，阻止凝血因子Ⅴ的失活。很多研究表明多种血栓与莱顿突变有关。

以便调整用药。

众所周知，如今各大医院的主要任务是让患者尽快出院。我们给患者静脉注射抗生素、割除阑尾，好让他们病情稳定，及早回家。如果所有的健康问题都是急性发作，短期存在，且都在患者出院时得到妥善解决，那全世界的医院都会欣喜若狂。然而，那些看上去似乎是短期内出现的问题，譬如突然的腿疼或呼吸疼痛，实际上都隐含着慢性疾病。杰西卡的病情就需要长期护理，因此我不得不在一个适宜短期护理的环境中开展长期护理的工作。治疗杰西卡需要处理一长串的问题：她自身的病情、用药、如何服药、如何自我监测用药情况以及如何留意那些预示着抗凝治疗出现问题的症状。这还不算完，我们还要应对她的慢性哮喘，在坚持长期服药的同时避免诱发其他的病变。对杰西卡来说，肥胖也是一个不容小觑的医学问题。她需要努力减肥，但很有可能一切都徒劳无功。

杰西卡对自己的身体状况真的了解吗？她真的会谨遵医嘱吗？她的很多问题其实都与她的生活方式和行为习惯息息相关。这岂是住院一周就能改变的？但一周已经是她可以留院治疗的最长时间。医院提供的诸如社工咨询、物理治疗和营养搭配的服务或许可以帮助她解决部分问题。但是，一周七天、一天一次、每次一小时的监督治疗真的能够改变一个人长久以来的生活方式和行为习惯吗？

我觉得不大可能。

这就是症结所在：出于对干预治疗的长期效果的怀疑，我和其他医护人员一样都已在心里打了退堂鼓。如果你对治疗的前景不抱希望，那么实际情况可能就会变得很糟糕。

尽管如此，我们似乎还是看到了一点小希望。

说实话，杰西卡这个小姑娘一点儿也不好相处。她说话总是不干不净，甚至冲着自己的妈妈竖中指。当然，你也可以说她这么做只是出于好玩。她从不承认自己会关心别人，可是我发现她会。她会提醒妈妈坐到一张更舒适的椅子上。如果弟弟冲妈妈发火，她事后一定会责备他。如果哪天妈妈没能来医院看她，她显然要比往常更加闷闷不乐。是的，她在意。我能想象这一年对她来说有多难。前不久，她刚刚被告知因为经常生病请假需要留级重读。此时此刻，她又不得不再次住院整整一周。每天，每隔四个小时她就会被护士叫醒测量血压。她连呼吸都是痛的。

她不喜欢我们给出的康健计划，而我总想让她明白每天坚持做这些动作有多重要。她最讨厌的一个动作是高抬腿。"太疼了！"——她每次都会呻吟着抱怨，拒绝保持抬高腿部。可就在第四天，当我夜间查房时（她和我一样都是夜猫子），只见她一边上网一边双腿高抬。她知道我看见了，冲着我说："你知道抬成这样有多疼吗？你早上走后，我就一直这样，现在连膝盖都是疼的！"我笑了笑，让她把抬了十个小时的双腿放下，然后坐到她的身旁一起聊天、看电视、上网。

不管怎么说，她还是个孩子。

后来，经主治医师签字同意，她出院了。这一刻来得比医疗团队中任何人预计的都要早一些，我还没能来得及和她好好聊聊肥胖、抑郁等一系列的问题。尽管我没能有机会，但是我真心希望科室里有人做了这件事，而且她都听进去了。祝她一切都好！

无解的难题

基斯·沃尔特·迈克尔（Keith Walter Michael）

直到这次问诊结束前的几分钟，他都是一位相当冷静且健谈的患者。面对医生，他有问必答。与此同时他还会主动提问，甚至问到了一些与医学生相关的事。可就在谈话结束前，他整个人明显地紧张了起来。

他小心谨慎地开了口："嗯，医生，你也知道，这个我不太擅长，嗯，我也不知道该怎么问，但是怎么说呢……嗯……当然，您拒绝也没事，我也就是答应她会顺道问问。是这样的，我有一个邻居，她是一位七十岁左右的老太太。我经常力所能及地帮她，像是代劳去趟杂货店、带她去趟沃尔玛超市或者是帮忙做点家里的什么事。她呢，身体是真疼，可又拒绝见医生。我说过可以陪她去，去急诊之类的吧。可是呢，她都拒绝。一疼得难受，她就会吃对乙酰氨基酚。我手头有的都给她了。我还在大街上花钱，一片五美元、十美元那样给她买过。今天来的时候，我跟她说我要去见治疗癌症的医生，所以她想让我帮忙问问，您方不方便给开点可以购买对乙酰氨基酚的处方呢？这样我可以取了给她带回去。"

他话还没说完，D医生就把这个问题抛给了我："基斯，你觉得呢？"

我还没来得及说话，他突然开始一个劲地给我道歉："真不好意思，你在这儿，我本来不想问。原本想等你离开以后，或者就不开口了。只不过我觉得自己都答应人家了，那我还是得试试。"

"别，别，别，"我说，"千万别这么说。您开口，没事。生活就是这样。我明白，您夹在中间，不好办，不容易。"我心想他要是真等到我离开以后才问该多好呀！主治医师还在等我回话。可是说实话，我哪里知道要怎么回答。眼下，我一点思考的时间也没有。我需要立马给出一个答案。

"嗯……"我慢吞吞地开了口，好像这样就可以为自己找到一个合适的答案再挤出点时间。"一方面，我觉得如果以他的名字开处方，那他之后怎么使用我们都无权干涉。"我停顿了一下，"但现在的情况是，我们知道他不会自己用。这样的话，我们直接开处方也不行。再说对乙酰氨基酚没什么真正的治疗作用，只不过能缓解一下疼痛感。理想的状况是她能去见医生，做检查。要不，我们出诊去见她？她住得远吗？"

"这可不行！"D医生立马打断了我，"我们不可能直接去。这个处方，开还是不开呢？"

"嗯，不开吧，"我说，"要是我，我不会开。一来，这不合法，更重要的是患者需要的是真正的治疗。除非看过医生，否则她用对乙酰氨基酚缓解疼痛一点好处也没有。二来，若真有需求，在大街上也能买得到。我知道你开口不容易，但不好意思，我还是得拒绝。"

话一出口，我如释重负。这个答案显然对这位患者一点帮助也没有。他还是夹在中间。可有意思的是，他也松了口气。询问这件事本身就让他感到尴尬，现在一听自己不用弄虚作假，他也如释重负。D

医生立马表示同意，解释的理由和我说的差不多，但有一点不太一样。

他说："如果是你本人要对乙酰氨基酚，我会立马开给你，之后你想怎么用都行。但是你现在是替你的邻居要，那我就没法答应了。"

D医生事后告诫我说以后无论何时何地都不要做任何危及行医执照的事。永远别做！是这个道理，可我心里却一点儿也不舒服。我们保全了执照，却任由一位七十多岁的老奶奶疼痛难忍，眼前的这位患者更因为她而独自上街非法买高价药，或是对她的痛苦视而不见，装聋作哑。这让我觉得他好像因为自己的诚实反而遭受了惩罚。和D医生聊起这一点，他也深感无力。我们怎么可能告诉患者说，如果撒谎你反而会获得对自己和老太太都有益的处方药呢？想到这一点，我的心里既为难又不安。说到底，我们都不想让自己"不诚实"，都想让对方背负"弄虚作假"的道德压力。那什么是既合理合法又诚实不欺的解决方案呢？没人知道。面对这道无解的难题，除了听之任之，还能怎么样呢？

这件事过去几小时后，我一想起自己当时建议哪天回家路上顺道去看看老太太，就恨不得踹自己两脚。这是一个医学院的学生多么天真荒谬的想法呀！下次遇到这种情况，我最好闭嘴。可是，现在回想起来，我又自问这个想法真的就那么天真荒谬吗？如果摆在你面前的选项是弄虚作假，是无解，那么某天晚上比以往晚四十五分钟回家却能顺道问诊，难道不是一个让所有人都能从中受益的解决之道吗？显然，接受无解，听之任之，根本无法让我坦然面对自己渴望救死扶伤的行医初衷。

病房里的情感战争

黄大卫（David Y. Hwang）

虽说医学院的学业有时会很辛苦，但对我来说，第一学年最难忘的学习经历却发生在我是一名旁观者的时候。可以说，即使有过去十八年的学校教育，我也对之毫无准备。

记得当时我在和学院里的一名教授联系，咨询是否可以去安宁疗护科实习。那个时候，我对临终关怀并不了解，却本能地觉得它很重要。作为一名大一新生，当获知这位专家（教授）及其同事答应了我的请求时，可想而知，我是多么欣喜若狂又满怀感激！数周后，我便在当地一家教学医院跟着一名肿瘤科的大夫及其同事一起查房了。

一天，我跟着两位差不多四十岁的年轻医生走进一间病房。进门后，我们站在床尾和病床上的一位女士及其丈夫打了声招呼。紧接着，两位医生就坐到了患者身旁，而我则在墙角找了一个不显眼的位置"躲"了起来。如此一来，我既能努力成为一个隐形人，又能不受干扰地观察患者。只见她端坐在床上，四周堆满蜡笔，正在专心致志地涂色。她看上去特别专注，对我们的到来没有任何反应。说实话，一个成年人的这种"毫无反应"让我倍感诧异。如果不是因为我事先知道她三四十岁，仅凭她憔悴的外表，我会猜她大概已经五十岁了。

在查房前，安宁疗护科的同事将她的个人情况对我作了简要介绍。我知道她的丈夫是一名军官，两人育有两名年幼的子女；我知道她罹患宫颈癌，且已扩散至其他部位；我也知道他们即将听到可能是这辈子听到的最坏的消息——她的肾脏目前只剩25%在工作，化疗因此需要终止。

我不知道年轻的肿瘤科医生会以怎样的方式，既信息明确又合乎情理地告知他们这个坏消息。我看见她正在整理思路，组织言辞。那一刻，我甚至能感受到她的不知所措。在踏进这间病房前，我误以为一名训练有素的专业医生可毫不费力地将糟糕的病情以某种共情同理的方式告诉患者。可是现在，在进门打招呼之后，我能明显感受到她深呼吸时流露出的那种无所适从。

大家都在刻意回避眼神交流。这让整个房间的气氛显得更加窘迫。肿瘤科医生开始向患者的丈夫详细讲述患者肾功能衰竭的程度。只见他双眼如炬，紧紧地盯着面前的两位医生。她接着解释为什么不会再有后续的治疗方案，又为什么安宁疗护科的同事今天也会来到现场介绍其他的选项。两位医生一直试图和床上的患者有直接的眼神交流，毕竟这是她的生死大事。可是，她坐在病床上既不看一眼自己心急如焚的丈夫，也不瞧一眼惴惴不安的大夫。与之相反的是，她一直在埋头涂色，对刚才的谈话内容没有流露出半点想要了解的意思。似乎此时正在发生的一切远不及没有漏涂颜色来得重要。

听到这个坏消息，患者的丈夫先是一阵沉默。突然，他的沉默便爆发为怒吼，瞬间划破了原本充斥在整个病房里的窘迫和尴尬。两位医生一转头就撞上他直射的目光，只听他咆哮着抛出了一连串的问题：

"为什么医院里没有人早早留意到我妻子的肾脏问题?为什么会等到现在,等到已经无法挽回的地步?你们这家医院不是号称全国最好的医院之一吗?难道压根就没有一个医疗团队在全天候跟进监护吗?你们这些医生怎么能见死不救、袖手旁观呢?你们怎么就不能控制住病情?"说实话,作为一名医学院的大一新生、一名旁观者,我当时确实被他的盛怒给吓到了。医学院可从来没教过我们这些年轻的学生如何应对这些根本无法回答的问题。

安宁疗护科的同事这时给出了她的回答。她直视对方的眼睛,开始解释医生如何尽了最大的努力监测他妻子的肾脏。但是,癌症的发展往往就是会出人意料,让医护人员也措手不及。目前医生所能做的就是将所有可行的选项摆在患者的家属面前,让他们就患者如何度过人生最后的时光做出最明智的也是最合适的选择。这时,患者突然开口说话了。这是自我们进门打招呼之后她第一次开口说话,她的视线依旧停留在涂色本上,语气特别平静地说现在的一切就是场误会,她没有病入膏肓,自己不可能生命垂危。几周后她的丈夫就要回到部队,总得有人在家照顾两个孩子吧,她怎么可能病入膏肓呢?现在唯一可行的应该是病情正在好转，所以讨论什么临终关怀计划完全是在浪费时间！

听到这番话，这名军官开始号啕大哭。在那一刻，他是如此震惊和无助！他知道妻子在逃避现实，他知道她在心疼孩子……而他哭得就像个孩子。安宁疗护科的医生赶紧给他找来纸巾。肿瘤科的医生则一脸的担心和沮丧。显然，床上的患者根本没有听进去她们对病情发展所做的解释说明，而是又一次不慌不忙地从蜡笔盒里拿出了一种新颜色，一副没有理由不开心的样子。是呀，她觉得在这间病房里哪儿有人生命垂危呢?!

这名军官很快便收拾了心情，重新振作起来。他强忍着泪水，礼貌地对两位医生说自己需要和妻子单独聊一会儿。两位医生听了都点了点头。肿瘤科的医生对他说，现在这样的情况令人遗憾，如果有什么问题可以随时找她。就在两位医生起身准备离开时，安宁疗护科的医生补充说如果他们准备好了，觉得可以开始讨论后续的计划，也欢迎随时找她。

这一次的经历真可谓跌宕起伏，你永远不知道下一秒会发生什么。同一个人，几分钟前还在满腔愤怒地控诉，转身却对医生们的工作表达由衷的感谢。他说妻子的状况让他痛不欲生，但他很感激医生能以一种既体谅又关爱的方式说明情况。他还说自己能够想象告知患者及其家属这样的坏消息有多难，而且她们刚才做得非常好。两位医生也对他表达了感谢。

后来，我作为实习生又跟着安宁疗护科的医生们去查房。尽管遇到的患者各有各的故事，但第一次查房的经历总是历历在目。那是我第一次目睹由死亡威胁所引发的情绪震荡，也是我第一次看到医学治疗过程中令人心碎的残酷事实。我永远也忘不了一个成年人一边涂色一边说自己还要照顾孩子的那幅画面。与此同时，在有关的新闻报道中，我又怎么可能看到钢铁般的战士号啕大哭的情景？走在教学医院的走廊上，看着病房里的每一位患者，我知道每一位付费诊疗的患者其实也很清楚他们有时所能得到的不过是医生们温柔的话语和贴心的关怀。尽管医生总觉得没能治愈患者就意味着行医失败，但是对于陪伴在病危者身边的家属来说，一位医生的善意、理解与同情才是这份职业最珍贵的美丽金边。

作为一个陌生人，我就这样目睹了我这辈子可能再也无缘见到的、一个家庭最脆弱也最私密的生活瞬间。这让我感觉有一种莫名的反讽。后来大二那年，我们有一门病例分析课，我和同学们需要在课上扮演医生，研究那些隐去了真实姓名的患者的案例。每一片纸张的背后，会是一个怎样鲜活真实的故事呢？不论我是一名积极的参与者还是一个被动的观察者，我想正是这些人生故事让我体会到课堂教学所不能提供的对于生命的敬畏心和责任心，而它们恰恰是我成长为一名医生的根本。

告知坏消息

阿曼达·穆尼奥斯 （Amanda A. Nuñoz）

急诊室里有五名患者正等着我们。长颈鹿一般高的住院医师正大步流星地穿过大厅，我踩着厚底鞋紧随其后，拼命地想跟上。同时还要小心，可千万别扭了脚踝、摔倒在地。我们一进急诊室便看见一个女人躺在轮床上痛苦地呻吟，她的丈夫在一旁的角落里显得忧心忡忡。她有着非常严重的反胃问题。在简短询问后，我开始对这位患者进行腹部按压。我一边按一边想什么问题应该列在鉴别诊断书的第一位。就在我列到第三个可能性的时候，住院医师突然嗖的一下冲了出去。我赶紧顺手把围帘一拉，正准备跟过去时，只见他手拿一根鼻胃管出现在了我的另一侧。

"现在我们准备把这根管子插进你的胃里。"他对患者说,"这样在我们等待CT扫描结果的这段时间里,你会感觉稍好一些,好吗?"他一边说一边将鼻胃管浸入了润滑剂中。

由于呕吐感过于强烈,患者根本无法坐立。"哦,不行了,我要晕了,晕了!"她高声喊道,"不行了,不行了,我憋不住了,憋不住了。"失控的尿液瞬间便在轮床上流得到处都是。"我,我坐不起来,坐不起来。"

我拉起她的手肘,让她的下巴抵住胸部,将鼻胃管插入了她的鼻孔,让她做吞咽的动作。她呻吟着,但好在插管顺利完成。我们将鼻胃管的另一头卡进墙上的吸引器之后就跑了出去。此时,她紧闭双眼静静地躺在轮床上,她的丈夫则一直在轻抚她的双脚。

"来,丽娜,坐起来,"他恳切地说,"来,没事的,没事的"。

我和住院医师一路跑到重症监护室去查看其他的患者,接着又急匆匆地赶回了急诊室。我们俩试图悄无声息地做几个诊断咨询后就离开,以免引来更多的问题。然后我们又一阵猛跑冲到了放射科,丽娜的片子出来了。从片子上看,除了小肠梗阻,她的右肾还有一个非常大的肿块。"几乎可以肯定,"放射科医生笃定地说,"是肾癌。"这个消息让我们心下一沉。

回到急诊室,我跟随的住院医师对丽娜说:"嗯,今晚你得留下来再进行观察。有一些东西堵住了你的肠子,肾脏上也有一个大的肿瘤,长了有一段时间了。我们得花点时间进一步搞清楚它的性质。"

"有肿瘤?是癌吗,医生?"

"具体情况现在还不太清楚。我们之后再谈这个问题,好吗?"

"嗯,好的。"丽娜再次闭上了眼睛。

我们转身合上围帘走出了房间。我回头看了一眼,想确保围帘已全部拉好,但也知道不能耽搁太久以防跟不上。听完最新的诊断结果,丽娜躺在那儿插着管,双眼紧闭,翻来覆去地呻吟着,她的丈夫还是站在一旁轻轻地抚摸着她的双脚。

我们沿着走廊一路朝手术室跑去。路上,我感觉糟透了。过去五个月的实习经历告诉我,曾经在课堂上、电影电视里被刻画的理想的医患关系在现实中超负荷的工作重压之下根本不存在。没错,我早已把自己的工作效率、工作表现和兴趣点而非患者的状况放在了第一位。尽管如此，我还是为没能倾听丽娜的感受，没能让她感觉舒服点儿，没能为她做哪怕一点点的心理安慰而深感愧疚。

可是，我又不忍心去责怪住院医师，因为他已经在尽力完成根本不可能完成的任务。每一次值夜班，每一次紧急呼叫，我目睹他所需要面对的患者数量之多和问题之复杂。一夜值班结束后，他往往还需要在第二天一大早就接诊情况、患者病情和初步诊断进行报告。我偶尔也听过当他未能照顾好全局时其他人说的那些话。当一位医生的工作强度如此之高、压力如此之大，又怎么能再责备他对患者缺乏耐心和热情呢？

后来，我们团队中没人再见过丽娜和她的丈夫。我也时常会想她到底怎么样了，有想过专门去电脑系统里查看一下，也想过等工作结束后顺路去看看她还在不在医院。可是，真的是太忙了！手头总是有很多事要做，往往还没来得及休息，新一轮的值班又开始了。我还是不得不把工作效率排在第一位，不得不努力跟上住院医师那大步流星的步伐。

直白的答案

阿里·瓦斯纳（Ari Wassner）

JM是一位男性长者。我轮转至神经内科实习时，他刚好入院治疗。在过去一年里，他持续出现腿部无力，说话、吞咽困难的问题，且日趋严重。原本他一直在医院的神经内科就诊，接待他的医生们认为他患上了肌萎缩侧索硬化[①]（Amyotrophic Lateral Sclerosis, ALS，俗称渐冻症）。这周早些时候，他又来神经内科门诊看病，抱怨说自己嘴里总有一股难闻的味道。他说在过去两周里不论吃什么喝什么都感觉难以忍受，所以一连几天都滴水未沾。他还说自己

[①] 肌萎缩侧索硬化也被称为卢伽雷病（Lou Gehrig's disease）。

在过去一个月里浑身无力的症状日益加重，正常活动已变得越发困难，所以他的心情特别差："真的，我都想死了算了。"眼看他情绪低落，甚至出现自杀念头，再加上他拒绝自主进食、缺乏营养摄入，主治医师便让他住院了。

他入院后，我被第一个派去见他。根据住院单上的信息，我知道他今年67岁，患有渐冻症，有明显的抑郁倾向且味觉发生了改变。见面问诊时，我感觉他很绅士，为人和善，很有魅力。他忍不住哭着向我描述嘴里的异味带给他的痛苦。他说不论自己吃什么喝什么都感觉像是在嚼一团湿乎乎的黏稠纸板。我们也聊到了他虚弱无力和吞咽困难的问题。他也承认自己最近情绪低落。我问他为什么，他说："我觉得自己可能得了'渐冻症'。"

"可能"二字顿时让我心里咯噔了一下。因为据我所知，他被确诊为"渐冻症"已经有一段时间了。也就是说，自始至终都没有人告诉他他究竟得了什么病。他一直认为自己病因不明，而"渐冻症"犹如一把利剑始终悬在他的心头。这种信息的不对等突然让我们之间产生了一种微妙的化学变化。我感到很不舒服，便匆匆结束了对话，起身逃回了办公室。

我重新翻阅他近期在神经内科的就诊记录，想看看接待他的医生们都写了些什么。就在一个月前，接诊记录上写着：JM是一个"运动症状持续恶化"的患者。之后，"渐冻症"三个字开始多次频繁地出现。最终，两周前的一份"肌电图"（一种肌肉及神经功能测试）确定他罹患渐冻症。因此在最新的住院通知单上，他被描述为："男，67岁，患有渐冻症，临床表现为……"我发现从他就诊到确诊不曾有人主动和他提及过他的病"大概是""很可能是"或者"几乎可以确定是"渐冻症。事实上，JM在入院前一个多星期就已经被确诊为渐冻症晚期，但直到今天，他都对此一无所知。我从谈话中能明确地感受到他绝大部分的焦虑与恐惧，都源自可能不理想的诊断结果。

接诊过JM的医生中至少有四位认定他患有渐冻症，但无人和他谈及。既然他们在没有任何辅助检查佐证的前提下就将自己的诊断结果自信地写进接诊记录，那为什么不和JM当面聊一聊呢？他们想要JM在什么时候，以什么方式获知病情呢？如果说是出于某种"保护"的目的，那就更荒唐了，JM恰恰是出于对未知的恐惧才在精神上备受折磨。可以说，给他一些答案应该会减轻而不是加剧他所承受的心理压力。医生们究竟在保护谁呢？是患者吗？还是他们自己呢？告知患者不好的消息的确会让医生付出大量的时间进行情绪安抚和病情解释。或许正是这些不容易让JM遇到的医生纷纷选择了回避，转而期待他人能说出实情。

问题是JM并不傻。他清楚地知道没有一个直截了当的诊断结果可能意味着什么。他在住院第二天见到我的时候，问的第一个问题就是："什么是渐冻症？"没有人提过他得了什么病，但他知道情况不妙，甚至是特别糟糕，糟糕到医生们都有意回避。我稍作解释，却也没能直接告诉他这就是他的诊断结果。我当时觉得好像由我这个实习生来宣布有些不合适。但后来我想，也许我和JM遇到的医生们一样，都掉入了一种将自己的不作为充分合理化的陷阱。

JM最终还是在这次住院期间知道了诊断结果。我当时并不在场，但后来再见他时，他已比初次见面时平静了许多。他告诉我，自己长久以来的猜测终于被证实了，这让他感到轻松。回头来看，给他一个直白的答案其实会极大地驱散他的焦虑情绪。

身为医生，我们需要真诚地面对自己，诚实地面对患者。除非有某种事关重大的不可控因素，否则那些能明确写进病历的就一定可以清楚地告知患者。假设我当时在看完他的住院报告后，直愣愣地问起他渐冻症的情况，不难想象，在两个人都毫无准备的情况下，这场突如其来的谈话必定是场灾难！其实，患者不仅可以消化真相，而且更盼望得知也理应得知真相。作为医生，我们的职责不是隐瞒实情，而是从现实的角度出发帮助他们面对疾病，从而尽可能地提升他们的生活质量。作为医生，我们需要战胜自己的为难与逃避心理，以一种尊重的态度诚实地面对每一位患者。

开门的钥匙

马特·刘易斯（Matt Lewis）

车钥匙、门钥匙、来历和用途已不大清楚的各种钥匙就这样被我一股脑地穿在钥匙链上。每次我都很难立马找到医院的钥匙。认错两次之后（天啊，好多钥匙长得几乎一模一样），我终于找到了——手腕一转，门开了——我走进了福克纳医院精神科的住院部。这是我来这里实习的第二天，远还没有习惯自己被一道铁墙围困在内的感觉。对被困在整栋建筑这一侧的患者来说，他们的去留往往是由一群他们素未谋面的人决定的，其中的感受，我很难想象。对我来说，自由如此宝贵，岂能受制于他人，不论对方挂在墙上的学历证书有多耀眼。

走进科室，仅凭一个人的活动能力你就能准确区分出谁是医护人员谁是患者。医护人员个个跑进跑出，他们时间紧，任务重，左躲右闪，麻利地开门锁门，火速地在白板上写写画画，拽着自己身后的扶着破旧手推车向前移动的患者。患者们则像是一辆辆身形巨大的货车，跌跌撞撞，不是直愣愣地看着眼前，就是游弋在现实世界之外。有些患者会疑惑地看着你或是行动缓慢地跟着医护人员走进之前上锁的房间，让人感觉他们的行动意图都是由佩带钥匙的医护人员驱动的。眼前的一切犹如一出复杂的芭蕾舞剧，我身处其中就像一个喜庆吉祥却又毫不重要的小角色。

捏了捏手中的钥匙，我加快步伐，径直朝我负责照看的患者房间走去。

此刻门上的开口大小恰好可以让我对房内一览无余。天啊，衣服、食物被扔得到处都是！看来，他没法自己整理房间、收拾垃圾。

"你好！"

"你——好——"他回答的语气与以往不同，听上去就像是一声低沉的怒吼。

我有些诧异，这是怎么了？我恳求地望向坐在门口的两名护士。她俩笑了笑，继续手头的工作，什么也没说。嗯？难道不知道我初来乍到吗？不知道我没和这种患者接触过吗？我心里暗想，她们一定知道其中的缘由，一定在手里攥着一把能解开我心中疑惑的钥匙。

"我可以进来一下吗？" 我毫无把握地继续问道。

没有回应。

"我可以问你几个问题吗？"

"我现在不想说话！"

我当然没有被马上吓退。这毕竟是我第一次临床实习的首次出诊。

"我可以进来问你五个问题吗？"我接着尝试。

"不行！但你可以站那儿问。"

成了！"太好了！"我一边说，一边乐得像个傻瓜。我推开门坐了下来。他目不转睛地盯着我，显然是想让我赶紧离开。

"我们能聊聊你为什么会在这儿吗？"

"迷路了呀。"

"还有吗？"

"我哪知道自己要去哪儿？你只剩一个问题

了。"他冲着我大声吼道。

是的，没错，我知道，我知道。

我暗自思忖，眼前的一切与先前的计划完全不一样。在收拾好情绪、重振精神（虽然已所剩不多）后，我提出了最后一个问题。

"你为什么不回家呢？"

"我被锁在这里了！三把锁！"

我既困惑又沮丧地离开了房间，转身去找带我实习的住院医师。路上，护士们一个个地冲我咧嘴笑，接着就又去忙了。我从口袋里拿出钥匙打开了病历室。狭小的病历室非常凌乱，我走到一张桌子前，气呼呼地坐了下来。这时，带我的住院医师从我的身后走了过来。

"刚才怎么样？"

"一无所获。"

"偏执型精神分裂症患者是很难沟通的。再过段时间，当他开始信任你的时候，就会好一些。他都说什么了？"

"他说自己之所以来这儿是因为迷路了，之所以不能离开是因为被锁在这里了。"

"他说得也没错。当时警察发现他的时候，他已经一个人在来来往往的车流中徘徊了好几个小时。到这里之后，他有很长一段时间都搞不清楚自己在哪儿，也没法弄清楚我们是谁。希望吧，希望我们可以尽快让他回到认知的基本层面。他这么年轻就有如此明显的阴性症状[①]，情况的确不容乐观。现在他能自己照顾自己、能自我恢复一段时间是最好的。"她说完朝我点了点头，便拿起钥匙出门去找主治医师了。

我也点了点头，目送她离开了房间。然后一个人坐在那儿忍不住想，如果我们也迷路了，如果我们的身后也关起了一扇扇大门……看着科室里的患者们，我只能暗自祈祷那些拥有钥匙的人都可以找到一把让每位病患重获自由的钥匙。

[①] 阴性症状（negative symptom）是指正常功能降低或缺失所造成的精神病理学或神经病学表现，譬如言语贫乏、注意缺陷、情感迟钝、情感淡漠和社会性退缩。对阴性症状的性质和评定目前尚未有统一的认定。

找回丢失的倾听艺术

迈克·韦斯特豪斯（Mike Westerhaus）

他今年68岁，坐在我的对面，看上去很放松（一种与周遭环境相比让人颇感意外的放松）。很难想象，他会是一个经常在诊所爽约的人。头上那顶陈旧的绿色毛毡棒球帽遮住了他原本稀疏的几缕头发。尽管是一身T恤和牛仔裤的休闲装搭配，也能看得出来，他的身材保持得很好。导师之前提醒我说："这个人爽约是出了名的。他能如期前来就诊，就说明真遇到了麻烦。"

我和以往一样开始了问诊工作，问题包括他之前从事的工作、现在住哪儿和白天都忙些什么。他回答得非常刻意，用词也很谨慎，力图字斟句酌，甚至连说话的气息都透出一丝紧张。在仔细回答完我提出的问题后，他开始谈及近况，说自己的胃口在过去几个月里彻底地失控了。为了合理化自己贪婪的食欲，他解释说："食物带给我莫大的安慰。"

"安慰"的确是他这几年生活里最缺失的东西。过去五年，他一直在不断地失去。先是女儿于五年前因癌症离世，接着是妻子在一年半前撒手人寰。在她生命的最后两个月里，他在家中贴身照顾。他谨遵医嘱、严格用药，每天换洗床单，一连好几个小时都握着她的手。然而，就在某一天，她还是走了。如今，他的妹妹在与癌症鏖战九个月后躺在医院里昏迷不醒。

接着他告诉我，在他妻子刚去世的那几个月里，他茶饭不思，体重掉了40磅（约18千克）。可就在三个月前，他开始吃得越来越多。两周前，开始尿频。他想知道，会不会是自己多年来控制得很好的糖尿病又卷土重来了。对此他感到自责、愧疚、无助、崩溃。接着，他列出了一长串此次看病想要完成的"任务"：要一张去眼科看病的转诊单、开一些新的降血压药、治疗牙龈萎缩和拿到一张可以购买治疗

"肚脐破裂"的脐疝带的处方。在回答完我的三个问题之后,他就开始不停地讲呀讲,讲了近四十分钟。我感觉他今天来看病既是为了做检查也是为了可以和人聊聊天。

我一边听他讲,一边忍不住在想什么是倾听的艺术。听他讲自己最私密的情感与忧伤,对我来说是一种无可比拟的特权。换言之,他将自己的失去以及这种失去对健康造成的伤害都以一种个人独白的方式呈现了出来,而我则有幸成为他唯一的听众。但是,倾听本身并不容易。就像我在听他倾诉的时候却思考起倾听的艺术,这本身就说明我的倾听既不专注也不到位。我一会儿在想导师有可能会考我什么医学问题,一会儿在想我大概什么时候能赶上返回波士顿的巴士。偶尔我哼哈两声做个回应,好像要以此掩饰自己飘忽不定的思绪和不由自主的走神。甚至当他讲起妻子在最后一段时光里的一些细节时,我还在暗自着急这场谈话究竟还要持续多久。

我知道,有人会将他归类为"讲话不着边际的患者"。我也知道,有人会批评我没能有技巧地打断这样的患者,没能主导谈话的方向。我更知道,有人会责备我任由一个患者滔滔不绝而压缩甚至是侵害了其他患者的看病时间和机会。

实际上，作为医生，我们似乎已经被训练得过于"擅长"打断患者了。有研究表明，医生在问诊开始后平均每18秒就会打断患者一次。我无法想象在转瞬之间医生可以倾听到什么内容，我也无法想象在这种情况下有多少患者会觉得自己被倾听。就这位患者来说，倾听应该是他这次寻医问诊的关键。打断他甚至阻止他讲述自己的悲伤都是对他所遭受的痛苦最大的残忍和不敬，更不用说因为医生不听患者的诉说而复诊概率也会大大降低。

大三伊始，医学院的老师就会强调问诊效率的重要性。老师要求我们在15分钟之内就对患者的情况表现出充分的同理心和同情心。在课上我们还会专门学习一个"脚本"，上面罗列着医生在接待患者时可以选用的语言、身体动作以及如何为医患关系建立一个适当的界限等。在病房实习的时候，常会有人说："患者的个人情况不重要，也没有什么价值。"说实话，我一直对这种问诊模式心存疑虑。这种催促医生匆忙应对患者的思维模式会削弱我日后治病救人的使命感吗？我们真的能够在课堂上学习到让患者感到温暖的某种小技巧吗？

后来，还是他——当我用小手电筒查看他的瞳孔时，他突然对我说："真的非常谢谢你！我还从来没遇到过像你一样愿意听我讲这么多话的医生。"显然，他以往的就诊经历是不愉快的。问题是我们是否需要花四十分钟的时间才能让患者觉得自己说话被医生听入耳？医生的倾听对患者来说究竟意味着什么呢？我一直认为"听"不只是因为医生需要了解问题、记录病程，更是给患者一个自我介绍、说明生病感受的机会。倾听对一个医生的要求远高于让其不假思索地说出某个医学问题或是刷新问诊记录，因为它需要耐心，需要谦卑心，需要医生在面对患者的焦虑与抱怨时放低姿态。然而在今天如此高压、高强度的医疗体系当中，"倾听"真的会自然发生吗？我认为答案是否定的。

今天，医生主要被训练为在实际层面的操作者。他们的主要工作是引导问诊、检查身体、写处方、开药和进行手术。倾听被视为一项被动的活动，其价值往往被低估，也很容易在繁忙的工作中被忽略。问诊列表上可没有一个需要打钩的项目叫"倾听"。毫无疑问，具体的操作是满足患者期待、完成医治目标的主要内容。但是，我觉得如果能花一点时间倾听患者的故事，那么看病的意义将会更加丰富。看诊的时间也会因此延长吗？嗯，很有可能。

你一定会觉得以上不过是一个初入行的医学生天真至极的胡言乱语。倡导高效问诊的人们也一定会立马反驳说延长就诊时间一点也不"划算"。也许真是如此。但是，我们不应忘记为医的根本是将患者永远放在第一位。目前，大众对医疗体系的高速运转以及缺乏人情关怀多有诟病。患者不愿意被误诊，同样也不愿意被漠视。

从长远来看，我认为重新强调"倾听患者"的问诊方式才更为"划算"。"倾听患者"会改善诊断效果，促进患者对病情的了解，提高患者对用药以及预防性措施的配合度。而这一切反过来都会提升整个患者群体的健康状况，减少患者的就诊次数，从而缓解诊所和医院人满为患的就诊现状，进而降低医疗成本。

我担心现在的医疗体系正在朝着错误的方向发展。来自保险公司的经济压力[1]和超负荷的就医人数不足以成为我们漠视患者诉说需求的借口。回到一开

---

[1] 本书提及的是美国的就医制度，它以保险公司支付为主要支付方式，因而此处提到保险公司方面的经济压力。

始我提及的那位患者，事后我也一直在反思自己的处理方式是否恰当。倾听他的悲伤真的会有助于治疗吗？我对他的"倾听"会影响我对其他患者的诊疗吗？我想我会反复地思考这些问题。可是说到底，我始终觉得自己选择"倾听"是对的。

第二章

拥有同理心

跨越隔阂

耶萨·凯欣德·图克利沃索努（Yetsa Kehinde Tuakli-Wosornu）

来自非洲大陆的女性在言谈举止间总会散发出一种独特的迷人气质。她们明眸善睐，目光深邃，看似不动声色，却自带一种女王风范。她们是我在尼日利亚的母亲，是加纳的裁缝，是埃塞俄比亚的阿姨，是几内亚的编织者。她们拿捏在手中的一根根编织线穿过国界，跨越山水，犹如一条条钱袋上的绳子将整个非洲大陆连接起来。织线从来都是泾渭分明，从不出错，令人难以忘怀。

然而，偶尔也会有让人措手不及、出乎意料的时候。

这种"意外"在我到妇产科实习的第二天便遇到了。那天早上，我忙完手术室的工作已经很晚了。我匆匆忙忙从医院地下一层的日间手术室来到一层大厅，跟着导诊路标坐电梯到第二层的妇女医院后再搭电梯到第五层右手边第二扇门的产科。一进门，我便气喘吁吁地对着医护助理介绍情况，但当我看到待诊室里的情景时，我一个急刹车停了下来。天啊，我看见十余位不同风格的非洲女性就端坐在我的面前。有的一身伊斯兰教的遮身长袍，炭灰色的眼眸在丝绸般光滑的面庞上闪闪发光；有的头戴经典的西非式发带——粉色、红色、金色、绿色——一眼望去，色彩明艳，生动跳跃，犹如一顶顶高耸的皇冠；有的肤色偏白，有的肤色较深；有的有丈夫陪伴在侧，有的没有，但所有人的身边都有孩子。望着眼前这一幅色彩斑斓的文化拼图，我的心顿时静了下来。我直了直腰背，耸了耸肩，长长地呼了口气。我感受到一股甜蜜的心安，那是往昔和爸爸在沙特阿拉伯、和妈妈在尼日利亚一起度过的悠悠岁月。曾经的那些画面与声音，那些气味和味道——哦，非洲！就在这里——一家波士顿医院的难民妇女保健中心，我看到了我的非洲！我觉得自己回家了。

我接待的第一位女性今年27岁，来自沙特阿拉伯。她来做例行的产前检查。从建立的档案看，她曾在安哥拉生活，目前是一名哈佛大学在读博士生。一般来说，来自医学院的实习生都会被委以打头阵的"重任"，所以自然是我第一个走进检查室去询问对方的病史并进行初步的检查。我走进待诊室，看到了一个身穿阿拉伯长袍的恬静女生。看我走了过来，她笑容亲切地立马问我："你是哪里人？"我回答说尼日利亚。她点了点头。我接着说："不过我的父亲现在住在沙特阿拉伯。"而后我们便一起走进了检查室。

我们俩一路从沙特阿拉伯奢华的购物中心聊到了非洲美食，又聊到了哈佛在非洲的超高认可度。我们聊移民，聊身在异国他乡的不容易，聊非洲的各个总统，聊非洲的各种公路。我和她一边聊一边做检查。产前例行检查的标准问题就这样无缝穿插在我们的聊天之中：哪儿不舒服？有出血现象吗？有漏尿或体液渗出吗？这些程式化的标准问题，不知道为什么，这一次让我感觉有些不一样。原本冷冰冰的一问一答，原本某种医患之间常见的客气和陌生此刻尽数消隐。

就在我转身准备走出检查室时,她突然叫住了我。

"你的父亲是穆斯林吗?"她问道。

"不是。"我耸了耸肩说,"他只不过目前居住和生活在沙特阿拉伯。"

她皱了皱眉,"所以你也不是……穆斯林……"她没有接着往下问。

"对,"我说,"我是基督徒。"

房间里一阵沉默。

她开始说自己不应该这么快就接受我的检查,因为在沙特阿拉伯她的家人是不可能同意让她看一位非穆斯林的医生的。我们俩突然意识到,那种因为两人都曾在非洲——那片我们都系念的故土上生活过而产生的认同感和亲密感瞬间遭受了极大的挑战。在非洲,人与人的区分往往是由宗教信仰划定的。宗教成为人群划分最主要的社会因素。而在美国,族群差异远比宗教差异更突出,族群是一个人社会身份认同的最大决定因素。糟糕的是,无论是在非洲各国还是在美国,这种人为设置的区分与分割在社会生活中随处可见。更可悲的是,这种区分和分割瞬间便横亘在了我和她之间。

感觉差不多过了二十秒，我们好像又慢慢找回了最初的那种一见如故。"嗯，在这儿，在美国，一个人是不是穆斯林不大重要。在美国，我们都是非洲人。"她接着说。"你结婚了吗？"紧接在这个问题之后的就是她一段长达十分钟的演讲。她掰开了、揉碎了给我解释为什么对于我——一个年轻、优秀、事业前景一片大好的非洲女性——婚姻是如此重要。我发现她说的几乎和我的妈妈、七大姑八大姨或者姥姥说的差不多："要找一个和你一样聪明的……只要有非洲人的婚礼就去参加……要参加学校里的非洲文化社团……要参加学校里商学院、法学院的各种聚会。"听她这么讲的时候，我不自觉就笑了。哦，多么熟悉的"金玉良言"！

我笑着离开了检查室，心里一直在想：如果一个人想要在不同的国家或地区救死扶伤，譬如就在非洲大陆，宗教的差异是否会影响到我赢得患者的信任，继而也影响到我为对方提供优良医疗服务的能力呢？有没有一个地方大家对医学都有着宗教般的信仰？在与患者沟通互动的过程中，什么时候需要加入宗教信仰的说服性力量？什么时候又需要完全回避呢？宗教信仰、族群划分是我们社会自我认知中的重要一环，它们理应也在医疗服务中占据一席之地。而我作为一个非洲人、一个美国人、一名女性，要如何才能将自己的宗教信仰与个人事业完美地结合起来呢？我仍在寻求所有这些问题的答案。我也确信社会已将宗教与族群的差异和划分融入到了整体发展的脉络之中，而这些差异有时候会和医学实践无法相容。哦，"真主保佑（Inshallah）！"真心希望人与人能跨越种族、宗教的隔阂，彼此相容的日子早点到来！

"Inshallah"是阿拉伯语，意思是"如果真主愿意"！

十二小时的缘分

刘伟杰（Wai-Kit Lo）

她躺在一间位于手术室前区的有窗帘的小病房里，整个人看上去脸色苍白，疲乏无力。已经晚上七点了，在医院待了一整天的她满眼含泪，异常地安静。她的双手搭在隆起的小腹上，好似要将它与整个世界隔绝起来。

她叫卡伦（Karen），那天一早就到了医院。过去这些年，她一直在尝试受孕。在经历过一次流产，三个周期的激素治疗和体内人工授精后，她终于在三十八岁这一年心想事成。胎儿已经十五周，所以当她发现自己有点出血时，便立马决定一个人来医院做检查，以确保一切都好。

从一早的检查结果来看，她的身体状况基本上一切正常。只是，腹部要比通常的孕十五周大一些，但也没有很离谱。她哪儿也不疼，也没有再继续出血，个人感觉除了有一点紧张之外，其他也都还好。B超显示胎儿在子宫里一切正常，不论是大小、形状还是位置都刚刚好。

不过稍等，从B超上看，似乎还有其他什么东西就在她腹部的左侧。在一个非常靠近但又绝对不是子宫内的位置上有一个圆形的成像，那里的回声与周围区域的很不一样。它位置固定且没有痛感。鉴于患者的怀孕状况，我们为她预约了进一步的核磁共振检查。

我们首先看到了受孕的子宫成像，胎儿的软组织结构在子宫里蜷缩成了一个紧密的小球，可就在左下腹的位置有一个很大的肿块。这个位置一定是在子宫外，但又不是肠子的一部分。如果不仔细看，它就像是在子宫内一样。

我突然意识到它不是什么腹膜或子宫附件上的肿瘤，而是在宫外正在生长发育的另一个胚胎。之后的又一次B超检查证实了我的预判。这也就意味着卡伦这一次有异位妊娠（俗称宫外孕）。简单来说，她怀的是双胞胎，一个成功着床在子宫内，而另一个则生长在了宫外腹腔。两个胚胎都发育良好，都在孕期第十五周。

异位妊娠本就罕见，腹内妊娠更是少之又少。两个胚胎在孕期第十五周均发育良好，接下来该怎么办呢？说实话，没有多少文献或实际经验可供参考。我只找到几例来自亚洲和非洲的零星报告。仅有的几例讲的不是在孕期第十一周前终止妊娠就是在孕期第三十四周后成功分娩，这和我们眼前遇到的情况都不一样。我们整个妇产科团队也很清楚腹内妊娠会给孕妇和宫内胎儿的健康带来极大的风险，尤其是会增加内出血的风险。

当资深的住院医师告知卡伦这个消息时，我不在现场。但是，我能想象对她来说这有多难——突然获知自己怀的是双胞胎，紧接着就发现自己不得不放弃其中一个。这让一个母亲如何面对？我希望她清楚地知道腹内胚胎的发育注定是致命的。如果继续妊娠，她极有可能会同时失去两个宝宝，还搭上自己的一条命。但不论怎么讲，最后的决定权在她手上。好在她选择了手术。

手术进行得很顺利。腹内胚胎在孕期第十五周依然十分脆弱，所以连同附着的胎盘很快就被摘除干净。手术期间，她的失血量也是适中的、可控的。尽管如此，你还是会清晰地看到胎儿所有的身体特征：手掌、手指、胳膊、腿、头……原本这一切只有在一名孕妇的子宫内才会看到。手术结束后，我盯着刚刚取出来放在医用托盘上的胚胎，心情复杂。一方面我希望它被摘除，但另一方面我也不得不面对生命消失的重负。

等到她术后麻醉效果稍有消退后，我便前往术后观察室去看望她。我想问她感觉怎么样，有什么想说的，需不需要陪伴，等等。可见到她的时候，我话到嘴边却没能说出口。反而是卡伦对我说："没事的，放心吧，就是一次流产。"她笑了笑，双手摸着腹部，右手停在了子宫的位置，那里是她正在健康发育的孩子；左手停在了手术的位置，那是对她来说从知道到失去仅有十二小时缘分的孩子。

真心说声对不起

亚历山德拉·卡西利亚斯（Alejandra Casillas）

糟透了，糟透了！

轮流至内科实习的某天晚上，我在接完一通电话后就收治了D女士。

D女士是周五晚间由她居住的养老院送来的。她是一位约九十岁的非洲裔美国人，来时已神志不清。我们见到她的时候，她正躺在急诊室外走廊的一张轮床上。她双眼紧闭，消瘦虚弱，迷迷糊糊地呻吟着、哀号着，根本无法直接沟通。我们能看见她的口腔里结了厚厚的痰。尽管如此，她还是会伸手抓住任何一只离她最近的手，紧紧地抓着。她的女儿就站在医护人员旁边，看上去既迷茫又恐慌。因为就在两天前，D女士的精神都还很不错。她的女儿说，尽管年事已高，但是她一直都是一位口齿清晰、活力十足的老太太，全身上下散发着一股迷人的南方魅力。

她在到达医院一小时后才正式住院。我事后才知道这是为什么。记得当时和我一起实习的戴夫（Dave）身体前倾，对我说，D女士对急救事项有着非常明确的要求。譬如她拒绝任何侵入式的过度治疗，不接受中心静脉置管，不接受动脉血气分析等。我们想要让她快点好起来，想要处理她明显的感染症状（十之八九是吸入性肺炎），但是患者的感觉很重要，其个人意愿更是第一位的。

关于这一点，D女士的女儿在离开病房前就已经讲得很清楚了。她甚至半开玩笑地说，如果我们对老太太进行中心静脉置管，说不定她的妈妈会直接从病床上跳起来。她也明白年迈的妈妈可能已时日无多。和我们聊完之后，她走到意识模糊的老母亲身边，大声说了一句："妈妈，我爱你！回头再来看你。晚安！"

什么？！都这么晚了，都这个时候了，说声"晚安"就要走了？！我顿时感到胃里一阵阵地不舒服，像是五脏六腑打了结一般。明明知道自己的母亲随时可能过世，竟然不陪她过夜？如果是我的妈妈，我一定会分分秒秒地陪在她的床前。我努力控制了一下自己的情绪，毕竟老太太的女儿有着怎样的生活我并不清楚。也许，她完全有理由这么做。也许，之前也曾出现过类似的"病危状况"。

D女士的女儿离开后，我和戴夫开始商讨具体的救治计划。这时，助理护士走过来说D女士的血管表征微弱，几乎没法从手臂处静脉抽血。说实话，遇到这样的血管简直就是护士扎针的噩梦。可是，D女士又拒绝中心静脉置管，那怎么办呢？怎么才能成功地抽血并进行血培养[1]呢？没有血培养，不清楚细菌类别，我们又怎么能知道该如何用药，治疗感染呢？

这时，戴夫提议进行股静脉穿刺采血。按理来说，那个位置的脉冲强，采血应该会快一些。戴夫对我说："来，你帮我一起。"我回答说："好。"

"你们之前做过几次股静脉穿刺采血？"护士问。

"一次。"戴夫回答。

---

[1] 血培养是通过静脉穿刺获得血液，而后将血液接种到培养瓶或培养管中以识别细菌或其他可分离的微生物。

听到这句话，我留意到护士的眉毛不由得抬了一下。后来我才明白这是为什么。

股静脉穿刺采血很不容易，且会让患者非常痛苦。我和戴夫朝D女士的病房走去。我的任务是在戴夫用一根相对较粗的采血针头扎进D女士的大腿内侧时束缚住她的双手双脚。我永远也忘不了穿刺扎针的那一幕。

就在第一针扎进去的瞬间，D女士突然从神志不清的昏迷状态中惊醒了过来，哀号道："别，别，别，我求求你们，求求你们！"眼看她开始奋力挣扎，我只好更用力地按压在她瘦骨嶙峋的四肢上。可是，一针下去没有出血。戴夫又移动了一下针头，一阵更惨烈的尖叫声传来，可是依然没有出血，戴夫只好拔出针头。

第二根采血针头，第二次股静脉穿刺。这一次针头在里面转动了近十五分钟。

又一次采血失败。D女士就像要疯了一般，我几乎是整个人都压在她的身上。可我知道她原本不应如此，她一直都是一个和蔼可亲、爱热闹的九十岁天使。

我和戴夫已大汗淋漓。他看上去很沮丧，对自己很生气。他拔出了第二根针头。哦，谢天谢地，终于结束了！说实话，我受不了了，不能再做了。

就在这时，戴夫对我说："再来一次，最后一次，如果还不行，我们就放弃，再想别的办法。"

我心想：天啊，你在说什么？！我们完全是在折磨她，为什么一定要这样做？无论什么类型的细菌，我们都得使用抗生素。她已经奄奄一息了，随时都有可能离开这个世界。再来一次，你说再来一次，天啊，我简直无法相信自己的耳朵。

第三针还是扎了进去。她尖叫起来，我强忍着泪水对她说："快了，快了，快好了。"她紧握着我的手。我感觉自己就是一个大骗子！扎刚才那两针的时候，我也是这么说的。戴夫还在拨弄针头，又一个十分钟过去了。最后，还是没有出血，只好放弃。我们穿刺了三次，没有采到任何血样，却让她撕心裂肺地疼痛了整整四十五分钟。

在这之后，戴夫又觉得我应该试着将自己生平的第一根导尿管插入D女士的身体。哦，天哪，我心想，又来！当大家试图展开她已经僵硬的双腿，将管子插入她狭窄的骨盆时，我们的笨手笨脚又上演了一次。也许，一名业务熟练的护士用两秒钟就能搞定。

可是现在插管的人是我，一个拿D女士练手的新人！

当我第二次终于插管成功的时候，她那一夜的痛苦也终于结束了。那天晚上，我再没有跟进收治别的患者，基本上一直握着她的手陪着她。她会时不时地捏我一下。她一直说自己冷，感觉像是掉进了冰窖里。在半梦半醒之间，她轻声地对我说："我爱你，小宝贝。"我想她大概在意识模糊之际误以为我是她的女儿，但这也是我唯一能为她做的。

两天后，D女士在睡梦中安详地走了。清晨，我们团队的组长加里（Gary）准备在D女士的女儿前来探望时告知对方这个消息。我因为一直陪伴在D女士身旁，陪她走完了人生的最后一程，所以提出来也想一起去。我们走进病房，看着老人的遗体，一切都归于平静。听闻噩耗，D女士的女儿泪如雨下，嘴里念叨着："真没想到会这么快，这么快！她是个好妈妈，我爱她！很欣慰我们没有让她承受更多的痛苦。"

"是的，你做出了正确的决定。"加里说。

我不知道，如果她之前有机会和妈妈聊上几句，如果她目睹了住院那天晚上发生的一切，她会怎么想？我看着她，握着她的手，在眼泪夺眶而出的前一秒匆匆离开了病房。现在我很欣慰D女士有一个真正关心她、爱她的女儿。与此同时，我的内心充满了内疚和抱歉。我为自己没能阻止戴夫进行穿刺——连说也没说而万分自责。可是，戴夫也是一个良善的好人。

身为医生，我们需要在有限的时间内快速地做出决定，有时甚至连想都没有时间想。每一次选择，我们只能期望它是正确的。而这次经历让我明白，医生"向好"的心也会造成很大的失误或错误。这种想让患者"好起来"的强烈愿望既是医生与众不同的地方，也是我们必须面对的软肋。当我们实施了股静脉穿刺的那三针后，当我们从自以为可以创造奇迹的虚妄中清醒过来的时候，我们面对的是一位无助的老人在临终前的苦苦哀求。

对不起，D女士，我们真心地和您说声对不起！

我和她的"科尼岛"

雅娜·皮克曼（Yana Pikman）

走进手术室前，我第一次听说了她的病情。当时，我并没有阅读她的完整病历。带我的住院医师告诉我："她是一名患有转移性宫颈癌的年轻女性，病情发展已经对她的输尿管造成影响，所以需要立马安装支架以确保输尿管的畅通。"我听完介绍后有些沮丧，因为现在早都可以通过宫颈刮片筛查出早期的宫颈癌，怎么偏偏她会发展到这一步？发展到不得不硬生生地塞进被"经尿道前列腺切除术"（TURP）和其他经膀胱镜检查的病例排满了的手术列表中呢？难道是我们的医疗体系耽误了她吗？

我们走进手术室时,她已经躺在了手术台上。我原以为自己会见到一个神情沮丧、心烦意乱的女人,没想到眼前的她面带微笑,情绪平稳,气质温婉。一串念珠和一个带有宗教色彩的吊坠紧贴在她胸前。我和她聊起了她的两个孩子(一个三岁,一个五岁)和她的成长经历。原来她在纽约出生长大,目前居住在佛罗里达。我们还聊到了她最近刚做完的几个腹部肿瘤摘除手术。不经意间,我们俩说起了布鲁克林,竟发现我和她都来自"科尼岛"[①]。她为了丈夫搬到了佛罗里达,而我也正在考虑为爱迁徙。我蓦然在她的身上看到了我自己:移民、"科尼岛"和几乎一模一样的美国梦。说实话,她患癌这件事让我很难过。谁能想到就在她怀抱梦想、享受人间美味、开怀大笑的时候,她体内的癌细胞也在肆意生长,正在一点点地蚕食她陪伴自己同样有梦想的孩子慢慢长大的可能性。面对这样的人生打击,我好想问她怎么还会如此冷静,如此坚强。她整个人不但笑语盈盈,还十分风趣幽默。

---

① 布鲁克林(Brooklyn)是美国纽约市的五个行政区之一。科尼岛(Coney Island)是位于布鲁克林区的一个半岛,其面向大西洋的海滩是美国知名的休闲娱乐区。

手术开始了。形成插管完成后，泌尿科的同事首先使用内窥镜，将可以造影成像并追踪尿流的染料注入她的泌尿系统。很明显，就在受到挤压的一侧有尿道分叉的现象。真的是分叉而流！看着采取荧光透视技术形成的连续图像，看着支架植入和输尿管的成像，近在眼前的真实感还是让我惊讶不已。我被现代医疗技术带来的视觉冲击深深震撼。

我突然因为自己的注意力没放在她身上而有些自责。这是一种很奇怪的感觉，一种医疗技术和个人故事奇妙并存的感觉。让医生感到充满挑战的病例通常对患者而言都是最凶险的。对科学的着迷和对患者经历的好奇是吸引我踏上学医之路的主要原因。可是，就在此刻，在我认识她、熟悉她之后，我跟着内窥镜进入了她的身体，这让我突然有一种内疚感，就好像是我侵犯了她。在我们彼此产生了诸多共鸣的时候，我甚至感觉就是我侵犯了我自己。

手术结束后的那天夜里，我和另外一名实习生一起去为她做术后检查。我们俩一见面就聊起了专门从纽约赶来陪她的姐姐和手忙脚乱一个人在家照顾孩子的她的丈夫。这时，我的同伴赶紧打断了我们俩的家长里短，说需要询问患者有关疼痛、胀气和排便的情况。根据术后的注意要点，他仔细地记录着听到的答案。怎么说呢，我真不想知道她排便的细节。我只是想和她随意地聊聊天，让孤身一人的她在这陌生冰冷的医院里能有一丝温暖。

但是，聊天不是我的工作。我的工作就是进行术后检查。这样一来，感觉只有我的同事一个人在尽心尽职地完成原本属于我们俩的分内事。我不禁想，如果是我一个人来查房，情况会是什么样呢？在和患者建立起某种联系之后，我还能顺利高效地完成分内的工作吗？与患者建立一种相对亲密的情感互动关系会不会太过危险？我所能掌控的好像非常有限。同事填完表格后就递给了我一个眼色，意思很明显——"我们该走了，还有其他的事呢。"就这样，我和同事一起离开了她的病房。

刚一出门，我的同事就对我说："宫颈癌是一种性传播疾病。"什么意思？是，医学解释是这样，可我顿时就感觉好像有人在啪啪地打我的脸。那种不言而喻的某种暗示让我感到被冒犯。你不就是想说一切都是她咎由自取，是她的错吗？我忍不住想替她说话。可是，他真有这个意思吗？所谓的客观，我真的做不到。我打心眼里喜欢她。这种所谓的"客观事实"只会让我感到很不舒服。如果现在让我为她主刀,说实话,我也觉得自己做不了。怎样才能与患者建立起一种合适的关系呢?怎样才能在了解对方过往的同时又心无旁骛地完成工作呢?

面对病程,我时常会有一种深深的无力感。我开始思考我们的医疗体系究竟应该如何运作。无论是对患者、患者的亲人还是医生来说,将治疗过程(从确诊到诊疗的每一步)与患者的个人生活很好地结合起来远比处理疾病本身更具有挑战性。以她为例,她在医院接受治疗,与肿瘤作战是一面,而她留在家中需要被照顾的孩子是另一面。疾病在患者的生活中究竟应该占据一个怎样的位置?显然,患者不只是亟待医生处理疾病那么简单。面对她,面对这个带给我强烈共鸣的生命个体,我发现自己很难做到"就病论病"。如果我们初识于酒吧,而不是医院,我们一定会成为相谈甚欢的好朋友。可惜,我们之间是我跟着内窥镜进入了她的内脏,是我要询问她是否有排气放屁,是我不能忍受别人对她的"诋毁"。

不过,如果再给我一次机会,我想我还是会像这次一样和她聊家常,和她建立一种朋友式的互动关系。我抗拒成为一个压根不了解自己患者的医生。不过，如果一名医生不能保持客观和高效的专业性，又怎么能为患者提供良好的医疗服务呢？或许这就是我们需要医疗团队的原因。在团队里，不同的人可以从不同的角度为患者提供不同的服务。我甚至在想如果我是患者，我会希望自己的医生怎么做，会想在手术完成两小时后被问到哪些问题。我希望医生问我疼不疼而不是肠胃有没有排气，问我都有谁来看我了呀，问我床头柜上摆放的照片里是谁呀……也许，如何调整自己的心态，如何接收和平衡各种信息恰恰是我在病房工作中需要学习的重点。

"赤裸裸"的真相

约瑟夫·科克里（Joseph Corkery）

大学里，大多数的男生都会对有女性裸体出现的场景感到兴奋。记得在踏入医学院的前几天，我开始有些担心，因为我不知道原本自然的生理反应会在医学场景中产生怎样的变化。我当时经常会想（更别提我那时的女朋友了）：如果频繁密切地接触女性裸体，我到底会有什么样的改变呢？

我们班第一次接触临床裸体是在解剖实验室。整体而言，被福尔马林浸泡过的死亡气息和我们手拿解剖刀笨拙危险的操作过程远远盖过了任何对"大体老师"稍有不恭的担心。我记得当全班同学站在走廊大厅里开始换手套、换器械的时候,那种面对遗体的庄严肃穆感就消失了。可以说,解剖课在很多方面都是一种双重的仪式。它既让我们开始习惯死亡,也让我们开始对人体有了一种漠然的医学视角。不过短短几周,我们就以一种超然的态度面对人体的"赤裸裸"了。

不久之后,即使是和一个相对没有那么熟悉的人,我们也可以毫不胆怯也不带价值判断地谈论性这个话题了(当然谁也没有沉迷于此)。几个月之内,我们就能在询问病史时直接涉及与性相关的各种问题了,譬如:"你是喜欢男生还是女生?还是都喜欢?"大一快结束时,我感觉自己只要抓起白大褂往身上一套,就好像顿时有了铠甲,完全可以极其自然又合理得体地与任何一位"维密天使"①面对面地谈论性行为。

大一这一年,我们学会了"看"和"说",但还是有一项没有触及,那就是"摸"。整个大二那一年,我们都在学习如何以一种让医患双方都感到舒服自在的方式去"摸"或者说去"触碰"患者。经过广

---

① "维密天使"指全球最著名的性感内衣品牌之一的"维多利亚的秘密"的模特和代言人。她们大多是世界顶级模特。

泛的实践以及在患者给予信任的基础上，我终于掌握了一种既能够获取足够的临床检查信息又不会引起患者不适的触碰方式。

有了这些经验积累，我觉得自己可以在大三这一年为丢掉白色的"铠甲"而"彩排"了。然而，事实告诉我只有一身"铠甲"才会让我更易于与患者交流互动。它的奇妙之处就在于它会让散落在椅子上的性感内衣显得再正常不过。也许，我"已婚"的状态也是一个加分项。它使我与这种暧昧的尴尬天然有了一段距离。我注意到患者会不自觉地盯着我无名指上的金戒指。我好奇她们是否会因此有一种放松感。当然，我也不喜欢这种对暗含的某种言外之意的解读，好像患者会对未婚的医生有其他的想法。但就我个人而言，我的确会有意让患者看见我左手无名指上的那枚戒指。

随着手术排班的进行，我高兴地发现自己正在以一种超越性别的，甚至是无性别的方式观察和看待所有的患者。然而，接下来发生的一件事却无情地打破了我自以为牢靠的"医学护目镜"。

那是我到整形科轮转实习的一个普通的日子。因为要参与一例隆胸手术，我一早就到了手术室。我不喜欢参与整形手术。但是，这一次是为了给一位癌症患者进行术后胸部重建，情况又有些不一样。一进手术室，我就看见患者已做完术前准备，正"赤裸裸"地躺在手术台上。她外露的双乳一下子就成了众人注视的焦点。患者一侧的乳房因为之前植入的假体泄漏，所以原本应该光滑平整的表面现在是一大堆皱巴巴的塑料。外科医生们一个个轮流上前查看这一侧的乳房，实地观摩隆乳失败的直接后果。

从切开第一个切口到植入新的假体，手术进展得很顺利。但是，我们需要在最后缝合前再次调整和确认假体的大小。通常我们都是通过增加或减少假体中的盐水量来进行调整的。为了确保调整的准确性，手术台被缓缓升高到了一个患者可以斜靠的位置。这样一来，依然处于麻醉状态的患者就会以一个半身坐起的姿势面对我们。这时，主治医师、住院医师、器械护士、巡回护士，大家齐刷刷地站到手术台前盯着患者，想要确认到底哪边更大一些。结果，我们根本无法达成共识，最后还是住院医师"出手"解决了争议。他同时握住了两侧乳房来评估它们的对称性。紧接着，大家轮番上手进行评估。后来大家又讨论起究竟什么样的大小看上去最漂亮、最吸引人。有人开玩笑说我们应该邀请患者的丈夫进来，让他做出最终的选择。我记得当时住院医师十分困惑地表示患者曾要求不要隆得太大，结果立马就被器械护士给驳了回去："怎么会，她可不想之后整个衣柜都得换新的。"

也就是在这个时候，我突然发现自己不知道怎么回事，并没有以一种临床医学的眼光观察眼前的这位患者。这一发现让我很不自在。但与此同时，我也意识到作为一名外科医生，我要像所有外科医生追求的那样精益求精地完成自己的工作。现在我清楚地知道如何在尊重患者身体的前提下实现手术目标将是我需要面对的长期挑战。

正在失去的大脑

埃斯特·黄（Esther Huang）

大脑是人体唯一会意识到自己出现功能障碍的器官。

——我的住院医师

"我可真笨！"这句话从病床上一位举止优雅、气质高贵、体态优美的老太太口中说出来，听上去有些奇怪。可是，要说奇怪，好像也没有太令人意外，毕竟她真的不能从后往前拼出英文单词"世界"（world），不知道九十六减三等于多少，也不记得现在是何年何月。眼看她的大脑好像正在停止运作（"布什的前任是谁来着？""酷……先生是……"），听到她的沮丧失意（"哎，我以前可都知道！"），大家心里都不免有些难过。

"是的，我们都明白，这不是你，"我跟随的住院医师对她说，"这是强加在你身上的一些东西，我们都明白，都明白！别这么说自己，好吗？"

她苦笑了一下，语带恳求地说："能不能让别人也都知道我原本不是这样的？"

真菌入侵了她的大脑。整个过程既无预警也无征兆。不过，说实话，即使一早有所察觉，人们所能做的也十分有限。她的情况罕见，她之前的医生连听都没有听过。

在回答我们有关病史的提问时，她总会望向自己的丈夫，问一句："说得还行吗？"每一次，他都会语调低沉却声音洪亮地说："亲爱的，你说得特别好。"一看到她有些想不起来或略微有些倦意，他就会接着讲，讲到伤心处声音也会哽咽。即使不太方便，他也拒绝让她一个人去洗手间。开颅手术后，他不想让她一个那么爱美的人看到镜子中自己头发被剃掉一半、眼睛周围全是瘀伤的样子。人生在世，我们会有很多种方式建构和定义自己。也许，总有一些东西比起另一些更加重要。也许，在有所失的时候，我们在某一方面的有所得才会显得如此明艳与美好。也许，我们最终会发现"我是谁"并不取决于我们外在可能拥有的一切，诸如技能、财富、美貌或者大脑。相反，真正决定"我是谁"的可能是我们与所爱之人建立的亲密关系。我们有必要时刻铭记这一点。所有亲密关系的建立都需要我们用心投入、无私付出、勇于担当。爱与被爱都需要勇气。我们要勇于接纳自己的软弱，勇于成为自己，勇于珍惜与所爱之人一起踏上的人生旅程。然而，提醒我们在意这一切的声音不是某一次考试临近的紧张喧嚣，不是某一次夜间出诊的电话铃声，不是追求名利的急切呼号；恰恰相反，它是如此安静和细小，是只有当我们愿意听时才会听到的心底之声。当我开始思考自己究竟想要拥有怎样的人生，想要选择哪一种信仰的时候，我希望自己有听到来自内心深处的声音。我会一直记得她——一个正在失去大脑却始终被自己的爱人深爱着的女人！

总有一些时刻

乔·莱特（Joe Wright）

在决定去念医学院之前，我一直梦想能够成为一名电影导演。我在读大学的时候就选修过电影分析、视频制作以及影视历史等相关课程。朋友们经常会问我是不是这些课程毁了我的电影梦，他们总觉得了解了电影制作的机制和技术性的操作就会破坏我们遁入电影世界的美好体验。

我明白他们的意思。但是坦白讲，我对电影的喜爱并没有受到其他事情的影响。事实上，恰恰是在那段时间，我基本上每周都会去电影院至少看两部电影。通常，我都会步行到离我最近的那家电影院，看看接下来会播放什么影片：是一部好莱坞出品的B级警匪片①，还是一部缓慢沉闷的欧洲电影？哪怕是一部缺乏质感，让人禁不住想要吐槽的电影，我也会因为其中某一个漂亮的城市镜头，或某一类电影类型程式化表达方式的巧妙反转，又或是声音的某种大胆冒险的处理方式而激动不已。

或许任何一种严格的训练都会改变我们看待周遭世界的方式。在佛教内观禅法的传统中，一如其他各种冥想修习，人们试图全身心地专注在一呼一吸的身体律动上，从而获得一种活在当下的直观感受。在进入医学院之前，我也参加过类似的课程。记得我们一坐下来，思绪就会不由自主地开始天马行空。这个时候，带领我们的老师会轻声地说："让我们回到呼吸上来。"也就是说，让我们回到简单的一呼一吸上来，在气息起伏间体认到我们的身体、我们的生命是一个持续不断的柔和存在。自从那节课后，我对"呼吸"便有了一种全新的认识：它是日常生活的根本，是内心平静的源泉。

如今，我正在成长为一名正式的医生。我觉得肌

---

① 美国电影采取分级制度，B级通常是指一些低成本制作的小电影，大部分是恐怖片或警匪片。

肉、组织和体液的推拉牵扯也是一种呼吸，尽管它们之间有着细微的差别。这种推拉牵扯的"呼吸"不是指空气的流动，而是指其背后复杂的运行机制，是红细胞中吸收氧气的血红蛋白结构等。对我而言，这是一层新的认识。一如早先我学习电影的过程，我会开始想：这个推车镜头是怎么拍的？或者说那个L剪辑①可真漂亮。同样，我现在对"呼吸"的理解绝不仅限于一呼一吸，更重要的是我理解了其背后的运行机制与原理。

回到我学习电影的那段时间，我对电影的理解经历了一个变化发展的过程。事实上，我经常发现自己又理解错了，不得不重新学一遍。医学院的学习让我对呼吸有了不同以往的新认识。这种新认识不只是因为我有了新的理解，更重要的是我意识到在大千世界中有太多的东西需要去了解。与此同时，所谓"一花一世界"，是说永远有太多的细节需要去探索。

所以当朋友家的小孩坐在我的腿上听我讲故事的时候，我能感受到他身体的呼吸起伏；在朋友和

---

① L剪辑（L cut）是一种电影剪辑技术，表示前一个场景的音频与后一个场景的画面重叠，因此音频在后一个场景的开头继续播放。

我拥抱告别的那一刻，我能感受到空气从她的鼻腔进入胸腔再到微微隆起的腹部，继而腹壁下陷空气排出的身体律动。肋骨扩张，肺部呼吸肌在收缩，在舒张。就是在这样的时刻——当我看到或感受到某个人呼吸的瞬间，我会蓦然感到它和所有那些稍纵即逝的时刻一样，和所有电影导演突然在荧幕上展现的"神来之笔"一样，让我感到无以言喻的奇妙和喜悦。那一刻，我会忍不住惊呼对方可真是个天才！哦，是的，我喜欢这部电影！

"大体老师"

金柏林·莱恩·柯林斯 （Kimberly Layne Collins）

透过白布，
你望向彼岸——
而你的"大体"
裸露在手术台上。

你，我们的老师，
我们的第一位患者。
你不会因为我们的探索钻研而心生抱怨，
也不会因为我们切口太深，
弄错方向而口出责备。

我们打开你的胸腔，
看到的却是自己——
那个带着无数预判却无从验证的自己，
直到你将真相呈现在我们眼前。

人体，如此脆弱。
手术刀起，
轻划即破。
我们与世界的分界，
薄如蝉翼。
我看到了你曾经就在手术刀下——
那右侧乳房下残留的灰色疤痕就是明证。

我不知道那是一种什么样的感觉，
但我知道你的双肺就静躺在胸腔深处，
你的大肠、小肠就回旋盘绕在你的腹部。

我们正在将它们推拉提剪，
我们正在切开你心脏周围的肌肉。
这么多年，
究竟是什么让它一直跳动，

从未停歇?

你爱过谁呢?
谁又爱过你呢?
我们深入你的内在,
你却毫无回应。
这种感觉,从何说起?

你原本灵活的手指而今如此僵硬!
我们,
没有你的授权,没有你的许可,
便为了扩展你的肋骨而拉扯你的四肢。

我们进入你的头骨,
拎起你思想的中心,
不知道是否还有些什么
仍在游荡。

朗伍德夫人

拉杰什·沙阿（Rajesh G. Shah）

早在入读医学院前，我就听过一个代代相传、流传甚广的说法：你正式接待的第一位患者将永远成为你的一部分，他会以一种你无从预知的方式嵌入你的灵魂。不论这位患者有着怎样的状况和问题，哪怕是指甲内生长这样的问题，他都必然会成为你学习、成长为一名医生的一部分。

我期盼着遇到自己的第一位患者。可是，我又忍不住觉得所谓"第一位"不过就是我在终生行医这条漫长道路上会遇到的众多患者中的一位。对此，我非常笃定。所以有一种想要挑战甚至推翻这种"陈词滥调"的愿望，感觉自己会以一己之力力证这是整个医疗界的误传。如果不是医学之神有意教训我，让我明白究竟为什么所有的医生都会对自己的第一位患者记忆深刻，为什么他们都会以一种类似的偏爱珍藏最初的那份记忆，那就真的糟糕透了。

现在就让我说说我的第一位患者：朗伍德夫人。

我是从我跟随的住院医师口中第一次听到她的名字。他提起朗伍德夫人的时候，嘴角不自觉地泛起了一丝苦笑。作为医生，当我们面对患者们没完没了、繁杂多样的疾病时，有时候真就不得不苦笑一声，这种行医的智慧总归还是要有的。不过别误会，我没有对任何患者表示不尊重的意思。我记得我跟随的住院医师当时对我说："你去照顾一下急诊室第十一号房的患者怎么样？对你来说，她应该比较容易，比较合适。"他说这句话的时候，嘴角泛起了一丝苦笑。于是，那种不言而喻的言外之意就流露了出来。说实话，你很难反驳说情况不是这样。

我去了。去的时候我就知道等待我的会是块硬骨头。可是，我还是没料到当我询问她诸如"你为什么会在这里？你叫什么呀？"这样的问题时，她会两眼无神，表情麻木，毫无反应。我只能听到一连串含混不清的声音从她的喉咙里连续地发出。我一下愣住了。大约有那么一分钟，我在想：我到底应该用什么样新鲜又有趣的方式和她沟通呢？恰在这时，她的儿子端着一杯刚冲好的咖啡走了进来。我顿时觉得自己遇到了救星，心想刚才的难题应该会迎刃而解。可惜，这只是个错觉，因为朗伍德夫人已经完全不能正常交流。整体来说，她的病情不容乐观。

很快，她便从急诊室转入了住院部。有一天，我把她的儿子拉到了一间无人的会议室，想要尽可能地了解一下她的病史。原来，朗伍德夫人的右膝因不断发展的腐蚀性骨肉瘤而日渐肿大，带给她常人难以想象的痛苦。随着疼痛的加剧，她之前居住的养老机构便增加了止痛药芬太尼（fentanyl）贴片的用药量。结果因为用药量增加得过猛，朗伍德夫人很快就开始神志不清，胡言乱语，并出现幻觉——在她眼中，原本已人至中年的孩子突然又成了青春期模样。这么看想要改变她目前的状况也并不难：将止痛药的用药量减至之前的标准，接着等她重新恢复认知能力就可以了。然而，在大多数情况下，事情的发展又岂会如此简单？很快，我们就不得不面对更严重的问题：朗伍德夫人膝盖内的癌细胞正在不断地扩散。

她住院后的前三天一切正常。随着她体内多余的芬太尼被稳定、缓慢地清除之后,她的神志开始逐渐恢复。紧接着,困扰她的另一些问题也开始浮出水面。首先,她有着非常严重的焦虑症。至少在过去二十年里,她每天都要数次服用安定(Valium)以缓解焦虑的情绪。每次查房,只要我一问她"你今天感觉怎么样呀?"她就都会要被她称为"快乐小药丸"的安定。对我来说,是否开药还不是最重要的问题,原因有二:一、现在不是停用安定的好时候,仓促停药对患者来说有着极大的风险;二、朗伍德夫人对安定的依赖已近二十年,突然停用会过于残忍。

困扰我的真正问题是我对焦虑症的看法。我内心是有一些不满的。怎么说呢?我觉得朗伍德夫人"所谓的"焦虑问题都只不过是她用来获取"消遣性药物"(recreational drug)[①]的一种既小心又妥善的方式。"快,快拿来妈妈的小帮手"显然已经成为他们全家在面对问题时都觉得安全轻松的解决之道。但我一直觉得哪有什么焦虑会严重到失控的地步。

讽刺意味十足的是,我——一个天天责备整个医

---

① 也被译作娱乐性药物,意指会影响人类中枢神经系统、改变人的意识或情绪反应的精神类药物。

疗系统因为害怕被人诟病就任意给抱怨疼痛的患者开止痛药的人，一个会把所有备受焦虑困扰的人都归类为"骗子"或默认为社会"瘾君子"的人——恰恰是一个天天需要服用止痛药来缓解因脑膜炎引起的慢性疼痛的人。这或许就是偏见。我们只选取和在意那些与我们先入为主的观念极度吻合的例证，而主动屏蔽那些与之相反的。于是，我们一次又一次地对自己说："看吧，我们想的都是对的。"

在治疗进行到第三天的时候，奇迹发生了。朗伍德夫人还和之前一样，见到我就问我要她的"快乐小药丸"。我给她开了0.5毫克的劳拉西泮（Ativan）。就在护士准备静脉注射时，我突然发现她已经从最初的那位神志不清、胡言乱语的患者摇身一变，成了一位彬彬有礼、口齿清晰、慈爱友善的老奶奶。她开始和我们讲过去的生活趣事，开始和我们正常地说话聊天了。

我一直被教导说"苯二氮䓬类药物"（Benzos）[①] 通过提高人体内一种被称为GABA（即γ-氨基丁

[①] 苯二氮䓬类药物是一种中枢神经抑制剂，临床多用于镇静催眠。

酸）[①]的神经递质的功能来抑制神经活动，患者由此趋于"平静"。不是说"抑制"了吗，她怎么反而"活跃"了呢？我带着这个明显的医学悖论跑去和住院医师进行讨论。

"拉杰什，"我的住院医师问我，"你有没有体验过那种强烈的焦虑和担心？那种让你根本无法思考，满脑子都是你不愿意想却无法摆脱的焦虑和担心？对朗伍德夫人来说，她有焦虑症，现在我们这个新环境也会让她感到陌生和害怕。这些都是她每天正在经历的和需要面对的。所以，你给她开劳拉西泮就是在帮她摆脱过度的焦虑，摆脱那些她自己也不想有的想法，由此有机会成为真正的自己。所以，你看，这就是她现在头脑趋于清醒和活跃的原因。"

我惊讶地发现自己多年来先入为主的观念都是错的。眼前活生生的例子让我明白焦虑是一种真实存在的抑制状态。它会引发各种干扰和危害人们日常生活的医学问题。与此同时，它也让我意识到我不能简单地认定焦虑症只不过是制药公司夸大其词的宣传文案。以往，我总觉得它们通过拍摄那种"幸福的人儿

---

① 研究认为 GABA 是一种重要的抑制性神经递质。

奔跑在漫山遍野的雏菊中与蝶共舞"的广告，吸引人们购买所谓的抗焦虑药物只不过是在牟取暴利。可是，现在，朗伍德夫人的例子就摆在我的面前。

后来，我常去看她。几乎是每个小时或只要有空便会去她的病房看一眼，以确保她一切都好。我每次做的大都是一些细微之事，譬如让她多喝水，因为目前的用药会让她非常干渴；询问她的疼痛感受，如有必要会让护士增加她的吗啡用量。但大部分时候，我只是单纯地喜欢和她聊聊天，听她讲自己的家人，讲以前的波士顿——一个如今只能在历史书中找到的波士顿。

因为焦虑症的影响，她时常会责怪护士们"忽视"她，提出一些无中生有的"控诉"。护士们也因此大都躲着她，除非迫不得已，否则绝不踏进她的病房。对于这一点，我没有很在意，反而觉得正因如此，我需要做的就更多了。

结果，时间一长，朗伍德夫人开始把我当作她的主治医师了。尽管我每次都会和她解释我只是一名在这里实习的医学院的学生，我的名字是"拉杰什"，不是"拉恩"，但朗伍德夫人坚持认为我就是她的主治医师。后来，尽管我对她的治疗并没有什么真正的发言权，但我好像欣然接受了她的"误解"，不再介意她叫我"拉恩医生"。她开始期待我的出现，我也很喜欢和她在一起。

直到有一天，医院里癌症和放射小组的成员都走进了她的病房，对她和她的家人解释说根据目前病情的发展，唯有截肢才能挽救她的生命。她一听就哭了。是呀，我们当中又有谁，在她这个年纪得知自己即将失去一条腿，再也不能正常行走时会不失声哭泣呢？朗伍德夫人在与医生、孩子和丈夫商讨，并仔细地考量之后，还是拒绝了手术截肢的方案。

我把能找到的有关腐蚀性骨肉瘤的所有文章都读了一遍，也和治疗小组的每一位成员聊了聊其他的可能性。然而，令人遗憾的是，真的没有其他的替代方案可供选择。放疗和化疗都已经试过了，效果一点儿也不明显。除了截肢，我们——无论是一名医学院的学生还是一名真正的医生——都已别无他法。

后来，她的家人决定再和她聊一聊。可惜，朗伍德夫人很固执，还是拒绝做手术。在她的家人离开医院之后，在手术小组给的最后期限的前一天，我专门去找她讲做手术的必要性。我真的不想眼睁睁地看着她死于癌症。她这么好的一个人，不能就这样离开这个世界。况且，她是"我"的患者。其他人是会征求她的意见，但如果她不同意也就算了。可是我不同，我是她的"拉恩医生"。我坐在她的床边，拉着她的手，最后一次和她聊为什么非要做这次手术。我们俩说话的时候，她轻声地哭了。我用手擦拭着她的眼泪，她问我还有其他办法吗，我竭力镇定地说："据我所知，从我阅读的所有文献和与同事们的讨论来看，这是目前活下去的唯一选择。"

她看着我，说："拉恩医生，我知道你从不会骗我。你真是一个好人，上帝保佑你！"

在印度文化中，长辈的祝福胜过世间万物。在某种意义上，它就如同是来自上帝的祝福。长辈通常被人们视作珍宝，是智慧的化身。当父母日渐年长，行动开始不便，能照顾他们被看作是子女的福气。所以，在印度并没有专门的养老院。作为子女，没有人会愿意失去这份照顾老人的福气，尤其是赡养自己父母的福气。

此时此刻，当我和朗伍德夫人坐在一起，当她拉着我的手哭泣时，我得到了她最真挚的祝福。这是我收到的最珍贵的礼物。那天清早，在家人的陪伴下，她的手微微颤抖，最终在手术同意书上签下了自己的名字。两天后手术顺利进行，且没有出现并发症。尽管新的伤口疼痛难忍，但她终究是活了下来。

后来，朗伍德夫人在伤口完全愈合后就回到了之前长期护理她的那家养老机构。她离开了医院，离开了我，却又似乎一直和我在一起。我常常想起她，尤其是见到稍微年长的患者的时候。我知道他们每一个人都有着美好珍贵的人生故事，每一个人都在历史的长河中留下了自己独一无二的印记。

我开始了我的医学之路，一条终身学习、终身服务的道路。我不知道自己会在这条道路上遇到多少个朗伍德夫人。

第三章

抚慰痛苦和减少损失

祭司和利未人问的第一个问题是:"如果我停下来帮助这个人,我会怎么样?" 然而……善良的撒玛利亚人却反过来问道:"如果我不停下来帮助这个人,他会怎么样?"

——马丁·路德·金(Martin Luther King Jr.,1929—1968)

希望有下次

凯特尔·马特(Kedar Mate)

我并不太了解六十八岁的比肯先生。应该说在今晚之前,我都不能声称自己认识他。所以很遗憾,你不能盼着我只看了他就诊记录的前几行就把他现在的病情说得一清二楚。说实话,虽然我一般都会对新接手的患者的病史进行多方问询,但比肯先生的情况还真说不上有多了解。

对我来讲，比肯先生就是住在医院第十四层两扇大门之内的一间正压隔离病房①里的一位患者。同诸多住在这一层患有各种成人白血病的患者一样，比肯先生得的是急性髓系白血病（AML）。今晚之前，我仅知道他的精神状况在我值夜班那晚出了点问题。我见到他的时候，他迷迷瞪瞪，前后清醒的次数加起来不超过两次。我个人其实一直对"痴呆症的预警与定向分析"②不是很在意，因为我自己就时常会忘东忘西。可是，比肯先生的情况又不太一样，他连自己的名字都记不起来。正因如此，我们给他安排了一次神经内科的会诊。当看到全副武装的"反射锤技师们"（这是我的住院医师对神经内科同事们的别称）一边走一边谈论"脑桥出血"的时候，我们都感到情况不妙。在被问及与神经内科相关的各种问题前，我赶紧跑到了离自己最近的一台电脑前查看资料。根据

---

① 正压隔离病房（Positive-pressure isolation room）对室内空气洁净程度要求很高，广泛用于进行无菌治疗、造血干细胞移植治疗和需要保护性隔离的患者。

② 文中提到的"痴呆症的预警与定向分析"（AAO ×2）是一种心理状态测试，以评估认知功能和筛查痴呆症。通常定向后面跟乘法符号和一个数字，其中数字为2时表示被测试者除需要知道自己的名字之外，还要知道他在哪里。

互联网百事通提供的信息,"脑桥出血"非常凶险。好在经过了多次的拍片扫描,比肯先生罹患此病的可能性被排除了。但是,根据成像,他仍有几个局部的"低密度灶"[①]。令人惊喜的是,他整个人在第二天一早又清醒了过来。

当天晚上恰逢美国职业棒球大联盟的冠军争夺赛的第五场。这场比赛在波士顿红袜队(Boston Red Sox)和奥克兰运动家队(Oakland Athletics)之间展开。这场比赛高潮迭起,甚至让人觉得有些不可思议。比赛来到了小联盟球员心中神话般的时刻:进入第九局的下半局,满垒,两人出局,三球两好的满球数。德里克·洛威(Derek Lowe)——波士顿红袜队最优秀的投球手之一——投出了一记绝杀。比赛结束时,整个十四楼的一半人都在热情欢呼,心潮澎湃。

毫不夸张地说,昨晚的十四楼炸锅了。每隔十到十五分钟就会从不同的病房里同时传来叫骂声和尖叫声,护士们一个个急匆匆地跑进跑出,查看是不是有人摔倒了,有人血氧饱和度突然下降或者有其他任何

[①] "低密度灶"是医学检查中的一种低密度异常影像,一般有病变存在,要通过进一步检查来判断是否需要治疗。

在这样的夜晚都有可能降临到住院部患者身上的悲惨灾难。

我自然是特别留意我直接负责的三位患者。不论是不是真球迷,他们仨都在兴致勃勃地观看着比赛。其中,斯托洛先生(Mr. Storrow)刚住院没多久。他年纪不大,说话轻柔,患有手术已无法切除的胰腺癌。他和妻子育有两个男孩,一个十岁,一个十二岁。由于癌变肿瘤已侵入他的肠胃并阻碍了肠胃活动,所以他的恶心感非常强烈,每隔半小时或一小时就会呕吐一次。尽管如此,他还在坚持看比赛。我每次去查房,他都会和我讲每位投球手的得分情况。弗农先生(Mr. Vernon)则一边看比赛,一边读《热棒》①。那天早些时候,他和我说过他酷爱改造汽车。我几乎每隔十五分钟就去查看一下他的血压数值。他说如果这次波士顿红袜队能赢,他就免费帮我修理我的汽车消声器。我的第三位患者是乔伊斯先生(Mr. Joyce)。他是一个人很不错的老头。他之前因为腹股沟放疗先是引起了下肢淋巴水肿,后来又发展成为蜂窝组织炎。他对棒球兴趣不大,可架不住是

---

① 《热棒》(Hot Rod)杂志是美国著名的汽车杂志,创刊于1948年,主要探讨改装车。

和一帮在波士顿生活多年的老伙计一起观看比赛，那种氛围会让人觉得好像自己突然置身于二十世纪四十年代的芬威球场（Fenway Park），正在目睹明星球员泰德·威廉斯（Ted Williams, 1918—2002）击球的名场面。

可以说，他们三个对波士顿红袜队的喜爱还算平和，然而两扇大门后的比肯先生的房间则是一片沸腾，俨然就是十四楼里广岛红袜球迷的核心地带。每次投球都会引发阵阵的狂欢或叫骂，其实用咿咿呀呀来形容才更为准确。比肯先生的喉咙在做完了三次诱导化疗之后充满了黏液，所以他的发音受到了影响。只听他的门内时不时传来"嘿，老兄，坐下，坐下！"的声音。我就像是在第六局迎着曼尼·拉米雷斯（Manny Ramirez）的球棒飞过去的快球一样飞奔进了比肯先生的房间。

一进门，我就看见他支撑着躺在那儿。比肯先生身形消瘦，嘴角下垂，嘴唇微张，萎缩的脖颈上更有不少因发炎而结痂的鳞片。他的双眼紧盯着从天花板上悬吊下来的电视屏幕。假如这个时候我非要上前给他做眼周检查，估计极有可能被打。陪在他身边的是他四十三岁的现任妻子和三十五岁的儿子。两个人尽管都穿着防护服，但显然是有备而来——一身波士顿红袜队的条形队服，外加一顶球队纪念帽。就连比肯先生在蓝色手术绷带外也戴了一顶。我走进去自我介绍后说这么热闹的波士顿红袜队"大型"支持现场，我可不想错过。一听我这么说，比肯先生的妻子立马悄悄地递给我一顶球队帽，告诉我赶紧一起给队伍加油打气。就这样，我们四个人，看上去就像傻子一样，在病房里一动不动地紧盯着从天花板上悬吊下来的电视屏幕。

到决胜局——第九局下半场，波士顿红袜队对奥克兰运动家队的场上比分是4:3。这时，眼看奥克兰运动家队的击球手开始上垒，比肯先生的呼吸也跟着变得急促起来。如此气喘吁吁的他一定不可能把波士顿红袜队一旦失利的终生遗憾和我们讲清楚。我们对他的气息变化总是很警觉。我一般都会悄悄检查一下他的血氧饱和度。他的数值总体偏低，在92到94之间。当波士顿红袜队来到场内的"牛棚区"①，我问他感觉怎么样。

"不好受。"比肯先生回答道。他虽然声音嘶

---

① "牛棚区"，棒球场中投手上场前热身的区域，也引申表示后援投手群。

哑，但双眼灵活，比我上次看到的他可活跃多了。他对比赛结果信心满满。我们又一起投入到了紧张的比赛当中。他的妻子、儿子，再加上我这个医学院的学生，我们紧紧围绕着他，个个双手合十，远看上去就像是在举行什么神秘的宗教仪式……很快，有两人出局，感觉时间好似突然停止了……所有人的心脏都怦怦直跳。这时，心电图显示比肯先生心室早期收缩，但谁也没留意到。又击出两球，一记好球，一记界外球，这时德里克·洛威连续投球，要么出局，要么得分。我们一动不动，比肯先生也屏住了呼吸，结果他的血氧值一下掉到了90、86，监护仪瞬间报警，我简直都要心肌梗死了……"得分！"只听一声大喊，比赛结束了。哦，天啊，波士顿红袜队赢了，赢了！得偿所愿，我们乐坏了！

这一年，罹患急性髓系白血病的比肯先生六十八岁。他已经接受了数次化疗，可惜次次都会复发。所以，目前采用的是安宁缓和的疗护方法。我听好几个医生议论说明年波士顿红袜队重返美国职棒大联盟冠军赛可不能让他再看了。听到这儿，我有点难过。今天，波士顿红袜队奇迹般大获全胜的第二天，我好高兴比肯先生有看到昨晚的比赛。对他来说，昨晚就像是突然又生龙活虎了一次。至少,对我,对他的家人来说,我们都有一种活力满满的幸福感。比赛结束半小时后,我还被他们拉着一起进行了赛后狂欢。

"1918年以后就再没有过了,"比肯先生回忆起波士顿红袜队上一次赢得世界循环赛的时候说,"真希望我还有机会再看到他们大获全胜。"

乌龟赛跑

维斯纳·伊万诺维奇（Vesna Ivančić）

第一节：新空气

这是一个感觉自己是一只乌龟或乌龟背壳的老人的故事。其实，他身体的正面，且只有这一面才会给人这种感觉。他肚大如箩，看上去布有疤痕，摸上去坚硬如石。对我一个新手来说，敲打他的肚子真有一种敲打乌龟背壳的感觉。自从我上周一脚踏进了医院大门，这个比方一点儿也不比其他在我脑海中闪现的想法听上去更古怪好玩。作为医学院的学生，我们确实需要触摸、按压和敲打患者身体的不同部位。可惜，令医学院教授们大失所望的是我们目前通过这种方式能获取的信息竟然真和触碰一只乌龟背壳得到的差不多！天啊，乌龟，乌龟，最近我满脑子都是它！

还是那天早上，我第一次不情愿地将那只"乌龟"从脖颈的项链上取了下来。我和他分手三个月了，去年感恩节我们俩一起去凤凰城旅行的途中，他突然送了我这条"乌龟"项链。没想到，我们的分手就和这份礼物的到来一样，如此猝不及防。我们分开三个月了。我们在一起三年。是的，自这周起，我想要开始迎接一种全新的生活，我需要和这只"乌龟"说再见。我对预示或者征兆有一种执念，虽然不能说是迷信，但我总觉得万事万物必有连接。我解开链扣，一只闪闪发亮的棕色小"乌龟"一个俯冲便尾巴着地落在了书架上——一个他曾亲手组装的书架！曾经过往，唯有叹息。我想知道，把他所有的痕迹从我的生活中抹去的半衰期[①]究竟会要多久？我想知道，以往的浪漫难道如今只有可悲可笑？我不知道。但不管怎样说，放下它——这只小"乌龟"的时间，到了。

---

① 半衰期（half-time）是指某种特定物质的量经过某种反应减少到只剩下初始时的一半所消耗的时间。

第二节：废气

一小时后，我和同事根据分配给我们医疗队的患者名单开始查房，主要工作是查看患者的伤口愈合情况，以防发生术后感染。我们观测体温，使用医用手电筒从各个角度观察伤口，寻找发脓迹象，或进行按压看是否有脓汁流出。当然，在这个过程中，我们还需要对每一位患者目前使用的抗生素类药物进行评估和调整，并询问他们是否有排便、放气。一听说"有"，大家顿时感觉又欢喜又轻松。清晨六点，我们就像是一群白色的大象笨重地穿过一片沉睡的丛林走进了下一个房间。

我已经不记得查房时第一次见到U先生是什么时候了，但是我清楚地记得第一次认识他的日子。没错，就是那天，当我们一群普外科的医生拖着夜诊结束后的一身疲乏穿过"怀特和埃里森"大楼时突然因为他的紧急情况被当场"拦截"，不得不一改往日的路线而直奔手术室。当时，我看了一眼手表：时间是清晨7点27分。我们很快清洗完毕，穿戴好手术服，来到已做完术前准备的U先生面前。我们站在了聚光灯下，医疗器械已就位，开始准备做一个干净漂亮的结肠切除手术。这是U先生带给我们的一个不同寻常的早晨,而这一切还得从他礼貌地拒绝安插鼻胃管说起。

这是我在普外科实习的第一周。根据以往在学校书本上学到的知识,我知道鼻胃管主要用于像U先生这样胃胀特别严重的患者。它会将患者胃里多余的空气和液体通过食道从鼻子中吸出。U先生显然对此没有概念。他之前插过一次。可当需要第二次插管时,他一口回绝:"别,别想给我插这个东西,我不想要!"和团队里的其他人一样,我一开始有些恼怒。说实话,我就没见过比U先生更需要插鼻胃管的患者。当然,我也没见过几个需要插鼻胃管的患者。可是,你看他的肚子,都鼓成了什么样!哪怕是外行也都能看出来U先生的肚子鼓得又高又硬。没错,就像乌龟壳那么硬!引用一句医学院学生的口头禅:"情况真是糟透了!"更糟糕的是,他肠胃里的胀气已经将弯曲折叠的肠子挤压至腹腔壁,使得回肠造口也已扭曲变形,完全没有了舒展解开的希望。他的肠胃阻塞已非常严重,迫切需要进行肠胃减压,也就是说,他肠胃里的废气必须尽快地排出。

然而,现在唯一的排气方式就是插鼻胃管。带我的资深住院医师正在试图征得U先生的同意。我特别留意到他说："来吧,做吧,好吗?我们是一个整体,一个团队。"我感觉他使用这样的表达方式,一来给人一种工作正在推进的感觉,二来也有一种同舟共济、共同面对的意思。不过,不论怎么说,我们都是将鼻胃管插入U先生身体的那一方。在经过可能只不过五分钟却让人感觉有一个小时的"漫长"等待之后,U先生还是拒绝了。泄了气的住院医师和实习医师一个个闷闷不乐地离开了房间,嘴里嘟囔着:"如果不想接受治疗,为什么还要来医院呢?"

就在那一刻,我一个人站在那儿,看着病床上的患者和医生们离开的背影,有些不知所措。医患双方各有坚持,这种不欢而散实在是令人沮丧。接下来到底要怎么办呢?我毫无头绪。数月后,我才明白那一刻的感受原来是一名医学院的学生不得不面对的常态。再回到那一刻,我觉得自己真是既天真又乐观,决定前所未有地尝试一下全世界人民都会做的一件事:祈求。我祈求U先生能同意插管。首先,我绝对信任医生们的诊断,坚信插鼻胃管一如他们所说就是最有利于U先生的选项。U先生呢,毫无悬念地拒绝了我的祈求。不过,在这个彼此交流的过程中,我突然有点理解他的出发点了。换句话说，他之所以拒绝也情有可原。这就好比你正在看一张图片，突然朋友们告诉你，你看到的其实是一张3D全息图。于是，原本只看到明亮的蓝色和灰色的你就在转瞬之间看到了画面中的其他内容。的确，没有人能保证插鼻胃管一定会解决U先生面对的问题。他完全有权利拒绝。其次，他一再强调自己在家就是这样，通常早上感觉要好一些。所以，一件他习以为常的事怎么会被轻易改变呢？再者，胀气并不引发疼痛。他常挂在嘴边的一句话就是："如果真有什么不舒服，我能感觉得到。"

对于这一点，我无从反驳。要怎么反驳呢？很多事，即使别人看得再清楚，当事人也会"不撞南墙不回头"。譬如，有一天你和男友一起跑步，你突然全身痉挛，在服用了两粒止痛药泰诺（Tylenol）之后依然头疼欲裂。这个时候，很有可能你体内出血已超过了三十个小时。你停下了脚步，但感觉自己应该没事。或许一个月后，你还真就什么事也没有。直到有一天，这种情况再次出现。然而，回到当时，当你的男友答应你不再拨打急救电话时，当他用焦急、抱歉甚至内疚的眼神看着你的时候，你可能还会嘲笑他小题大做，就好像他昔日里大无畏的男子汉气概都是伪装的。

"哦，别再说了，不要再问我了。"U先生隔着氧气面罩粗声粗气地说道。我感觉自己就像是电影《星球大战》里的卢克·天行者（Luke Skywalker）对着自己垂死的父亲阿纳金·天行者（Anakin Skywalker，又名达斯·维达，Darth Vader）在说话。只不过我和U先生一点关系也没有。我认识他——一位患有"慢性阻塞性肺疾病"（COPD）的患者——才几天。

第三节：滞留的空气

U先生在一周之内为我亲身示范了什么叫流量–容积环[①]。我之前只在教科书或幻灯片上见过。如果教我的老师是个老派人，那我肯定还得通过板书粉笔字来了解它。流量–容积环是描述患者呼吸模式的复杂图形。对患有慢性阻塞性肺疾病的人来说，有一个有意思的现象，即患者往往认为他们最大的问题是无法

---

① 流量–容积环（flow-volume loop）呼吸运动时，吸入或呼出的气体流量随肺容积变化的关系曲线。以流率为纵轴、容积为横轴描记。流量–容积环图形的改变有助于气道阻塞的诊断和定位。

吸入更多的空气，而在医生眼中，问题的症结却在于患者的肺部无法排出足够多的空气。那么，要如何处理这些滞留的空气呢？目前，U先生的双侧鼻孔都插有提供更多氧气的小管子，其供氧量是正常所需的五倍。我不知道这么多的氧气对他来说究竟是福是祸。

第四节：自由的空气

几天后，答案不言自明。U先生的X射线检查显示在他的肺部有一个特别微小的黑色云团已将横膈膜向上顶起。这是为数不多的我一眼就能看出问题的片子。这团"气"既让人着急又让人兴奋，因为它意味着U先生必须去我希望他去的地方：手术室。

问题是，U先生自己想去吗？他做选择的过程压根没有呈现出电影电视里常见的那种沉重感或者戏剧性。没有昏暗的灯光，没有背景音乐，甚至窗外都没有下雨。每有这种情形，难道不是应该一直下雨的吗？如果是在托马斯·哈代[①]的笔下，那一定是倾盆大雨。我都怀疑U先生那一刻的表现似乎不过是为最

[①] 托马斯·哈代（Thomas Hardy，1840—1928），英国作家。其小说多以农村生活为背景。代表作有长篇小说《德伯家的苔丝》和《无名的裘德》。

后一刻的出场进行的彩排。

再来看看做手术这个选项——做手术不一定能活下来，但不做手术必死无疑。于是，摆在U先生面前的选择在我看来就成了他是想今晚就过不去还是再拖上几周。是现在还是稍晚点？当然没有人会这样问他。大家问他的都是他是否同意我们开始进行术前准备，他是否同意我们在必要的时候联系麻醉师，他是否准备好了可以让医院的运送员前来工作。U先生不傻，他完全明白所有这些问题和最后决定之间的必然关系。当医生们开始下一步的安排前自然会问一些相关问题，譬如：需要做一个CT扫描吗？是不是应该叫麻醉师过来一起商量一下？他在同意书上签字了吗？然而，站在U先生的角度，最大的问题依然是如果做手术，他有可能今晚就过不去了；或者不做手术，拖到下周或下个月再命归西天。是今晚或是晚一点。他的答案永远都是："我不知道。我想等我的兄弟们来了再做决定。"

第五节：脑袋空空

一个看上去痞痞的大男孩走进了病房。

"我是从运送组那边过来的，现在就带你去手术室。"他"宣告"的声音全然透着一股十几岁大男孩常有的爱谁谁的漫不经心。

医生们都已经离开了病房,连护士们也都不在,剩下的只有U先生。我眼前的他一头白发,梳着帕特·莱利①式的发型,戴着氧气面罩,看上去弱小无助——就像一只瞪着大大蓝眼睛的小乌龟。我坐在病房里唯一的一张椅子上,攒足了一身的蓬勃朝气和以往保护小妹妹时迸发的勇气,意图拼尽全力保护U先生不受眼前这个推着担架车,看上去一副高中生模样的"小混混"的半点伤害。

"他哪儿也不去,"我对着这个嚼着口香糖,推着担架车,双臂布满刺青的家伙说道,"他正在等他的兄弟们过来。"

这家伙呼了口气,显然对我们俩都很不满,转身时啪地把医用手套给摘了下来。U先生的眼神充满愠怒。

"我早都说过了再等等,"他对我说,"这些人怎么回事?!"

---

① 帕特·莱利(Pat Riley,1945—),美国前NBA篮球运动员、教练。除此之外,他也是美国著名的演说家和时尚人物,大背头是他的标志性发型。

我能说什么呢？我明白这种感受，一种爱丽丝梦游仙境般的恐惧感，好像全世界只有你不懂游戏规则。如果不是周围每一个人都疯了，就是你自己不在状态。可是，你很快就认识到原来傻子真的是自己，尽管你一点儿也不想承认。说实话，我在医学院上学时常会有这种感觉。

担架车撤走了，U先生稍微冷静了下来。我们接着等他的兄弟们。这时，我突然化身成了一名"侦察员"，每隔几分钟便依据他的指示去走廊上看看他的兄弟们来了没有。

每次我都会说："还没呢，应该在路上了。"

其实，我压根不知道他的兄弟们长什么样。但我知道，无论怎样，我总会见到对方。我心想：难道他的名字叫"戈多"[①]？

我和U先生开始闲聊。一开始，我们俩属于没话找话。我从他名字的拼写看出来他是爱尔兰裔，便问他爱尔兰会不会真像"爱尔兰春天"[②]那款除臭皂的

[①] 作者在这里借用了20世纪著名的爱尔兰剧作家萨缪尔·贝克特（Samuel Barclay Beckett, 1906—1989）创作的荒诞派经典戏剧《等待戈多》（*Waiting for Godot*）中两位主人公一直在等待出现的虚构人物"戈多"。

[②] "爱尔兰春天"（Irish Spring）是一款属于美国高露洁公司的除臭皂，最早于20世纪70年代问世或上市。

广告所展示的那样绿意盎然。他哈哈一笑，说自己还真没去过爱尔兰，但打仗的时候到过南太平洋。我们俩都各有心事，但谁也没有挑明。

后来，我大胆说了一句："让你自己做这样的决定真的好难。"

"是呀。"他说。

"这些医生怎么样？技术好吗？"他突然问了一句。

我连眼睛都没眨一下就向他保证，他们都是我见过的最好的外科医生。说实话，他们也是我唯一正儿八经接触过的外科医生。希望他可别误会了我的微笑。这一点我完全是受了前男友的影响。他就好开这种玩笑。"宝贝，喜欢这出芭蕾舞剧吗？这可是我看过的最好的。"当然，这也是他唯一看过的。我不自觉地伸手想去抓一下脖颈上垂挂着的"小乌龟"，手伸到一半，突然意识到它已经不在那里了。我想要寻找的早已不在了。

U先生还在寻找答案。

"你觉得我应该怎么办？"

他把这个烫手山芋就像扔红皮球那样抛给了我。他这样问我，给我一种我要亲自上阵给他做手术的感觉，似乎我蛮有资格给他一些建议的。但是，一张口，如同在医院里常听到的回答那样，我说了一句："我不知道。"

我接着笑了笑，说："我也有知道的事。我知道他们都特别担心你。我知道如果这事发生在别人身上，应该一早就被推进手术室了。因为现在这个情况不是说会自愈的。你应该明白你可以有选择。"

"是的，我明白。"他叹了口气。

我接着问了他一些我一直都想问的问题："你害怕吗？"如果是我，我会害怕。他没有说话，但点了点头。

"你最怕什么呢？"

"没法呼吸了。"

听他这么说，我有点惊讶。我没料到他会这么说。

"你是说担心手术期间氧气不够吗？"

"是的。"

尽管老师一再教导我们不能随便对患者许诺，但我还是第一次对着一位患者郑重发誓。我说我不能保证手术过程中的任何事情，譬如医生们打开胸腔以后究竟会看到什么，他们能不能解决问题，或者结果到底会怎么样，但是我发誓麻醉师一定会把他与一台机器紧紧地联系在一起，给他提供源源不断的氧气。我说我确定那台机器会将氧气直接推送至他的肺部。

他又点了点头。

第六节：强制"通风"

U先生插着管躺在外科的重症监护室里。我是听不到他沙哑粗糙的声音了。我这才蓦然想起我从未见他笑过。当我走进监护室的时候，他的眼神明显有了些变化。虽然上过解剖课，但我没法具体说清楚究竟是他眼睛的哪个部位产生了变化。那不是眨眼，他的瞳孔没有放大，但也不是更微妙的变化。那种变化明显而具体，就像是某种颜色的变化，但又有不同。我知道，这意味着他看见了我。

负责照看他的护士布鲁斯（Bruce）总说谢谢我常来看他，还说我的到来对他意义重大。也许吧。我没有每天都去，自从换了医疗小组之后也没能隔天就去，有时候就是因为太忙了——一个多么乏味且被大家用烂了的借口。其实很多时候，我不去的主要原因是我不知道自己去了要说些什么。我一直都不擅长闲聊。如果是在宿舍和室友一起谈论诸如上帝是否存在这样的问题，哪怕是聊到凌晨四点，我可能都兴致勃勃。可是，一旦把我放到了一个摆满各种开胃菜和鸡尾酒的场合，我真的就呆若木鸡，不是躲在转角的浴室里对着地上的瓷砖仔细研究就是看着墙上任何能读懂的东西孜孜以求。

我之前有一次还问过U先生想不想听我给他读点什么。他摇了摇头。事后我觉得自己挺傻的，可能我以为有人会和我一样。我小时候一有不舒服就喜欢让妈妈给我读故事。谁也不知道U先生会住院多久。也许会像那个夏天我用了两个月的时间才啃完斯拉夫语版的《汤姆叔叔的小屋》[①]那么长。他的病历本越来越厚，但并不像隔壁病友的病历那样令人印象深刻。有意思的是，我第一眼看到他的病历本时差点误以为是我的，因为在封面上清清楚楚印着字母V和I，上下水平地画有罗马字母线，分明就是我的大写签名。我盯着看了半天才意识到那根本不是我的名字的字母缩写，而是病历卷宗的编号——第六号！他的病历记录

[①] 《汤姆叔叔的小屋》（*Uncle Tom's Cabin*）是美国哈丽叶特·比切·斯托（又名斯托夫人，1811—1896）于1852年发表的一部反对奴隶制的长篇小说。

虽然长但内容并不多，因为前半部分基本上是对之前信息的一再重复，而后半部分让人无法辨认。

有时我们俩会玩会儿"打哑谜"。他示意我离床近一些，我会试着猜猜看他想要我做什么。"大拇指……嗯，好的……朝上……这个意思是想要什么东西往上吗？……温度吗？你觉得有点冷？想要加条毯子？哦，不是，好的。那是灯光？电视机的音量？抬高床头？是吗？啊哈，好的，没问题。那具体怎么调呢？"当我花了五分钟才找到正确的答案时，真庆幸这时候病房里没有别人。

前来探望U先生的自然不止我一个，他的兄弟们有时也会过来，我在医院里就遇到过好几次。他们总是一眼就认出我，也一直觉得我就是负责照顾U先生的医疗小组的成员。一开始，这种被"误以为"的感觉还不错——就好像自己真的是一名医生。直到有一天，他们中的一位在医院的自助餐厅拦住我问U先生的情况到底怎么样，这才发现他问我的问题恰恰是我想问他的。其实，那时我早已轮去了其他科室实习。我对U先生的医疗状况一无所知，这一下子就把我打回了原形——我原来一直都只是一名旁观者。我不知道U先生的这场生死之战，是"乌龟"还是恼人的废气会最终大获全胜。

我和前男友前后一共搬过五次家。他每次都会选出一些物品挂在墙上做装饰,而且每次悬挂的位置还都差不多。有被选中上墙的,自然也就有"光荣退休"的。我不清楚他的挑选标准。我猜那些被他遗弃的应该都是让他感到厌倦的吧。我们为什么喜欢往墙上挂东西呢?我自己的房间也是。这么多年,我就把从儿童版《国家地理》杂志上撕下来的图片贴得到处都是。当然,我爸妈订购的成人版依然整整齐齐地摆在书架上。后来,我开始在墙上张贴各种摘抄的名言名句。不过,我摘抄的一般都不是来自某位已故的英国作家或者已编辑成册的《巴特利特名言集》[1],而是来自诸如佐拉·尼尔·赫斯顿[2]、芭芭拉·金索沃[3]和普里莫·莱维[4]这样的作家,以及精通斯拉夫语的大文豪托尔斯泰的作品。我将他们的作品摆放在房间是因

---

[1] 《巴特利特名言集》(*Bartlett's Familiar Quotations*)于1855年在美国首次发行,是现存最早、发行范围最广的名言集。

[2] 佐拉·尼尔·赫斯顿(Zora Neale Hurston,1891—1960),美国非洲裔女作家、民俗学家和电影制作人。

[3] 芭芭拉·金索沃(Barbara Kingsolver,1955—),美国女诗人、散文家。

[4] 普里莫·莱维(Primo Levi,1919—1987),犹太裔意大利化学家、小说家。

为它们会让我感受到生命于我而言是最重要的东西，或者说会提醒我努力成为自己想要成为的样子。他们的文字让我感受到生而为人的世间喜悦。我为此而倍感幸运。

我的前男友喜欢悬挂消防头盔、美国国旗和一幅如今总让我想起U先生的海报。那是一幅山路蜿蜒曲折，好似没有尽头的海报。不能说其中的风景有多漂亮，至少和"爱尔兰春天"所拍摄的广告画面无法相提并论。但是，如果你走近了仔细看，就会看到有一个小小的人影正在山坡上奋力奔跑。在海报的顶端印有一行白色小字："比赛从来都不是比谁更快，而是比谁更持久。"我不知道为什么在遇到U先生之前，我从未仔细琢磨过其中的深意。我不知道U先生会不会赢得这场比赛，但我听说，他从未停下脚步。

"从很远很远的地方看着这个世界"

艾米·阿特曼（Amy Antman）

尊敬的韦丹瑟姆（Vedanthan）博士：

您好！过去一个月的实习强度特别大，我在深有体会的同时也深感震惊。医院里的工作，即使到了晚上也基本上是随叫随到，而遇到的每一位患者也都有着令人心碎的故事。上次我遇到了一位患有胰腺癌的先生。没想到他还在担心自己时日无多的妻子。这次遇到的这位患者我都不能说他是我接手的患者。只不过是有一天我在急诊室时，团队里的另外一名实习生走过来对我说："艾米，你得来看看这个！"

我知道她正在检查一位患有血友病，肩关节内有出血现象的先生。由于之前从未见过关节血肿的患者，我便同她一起走了过去。就是这样，我见到了他——贾米森先生。他那天坐在移动轮床上，袒露的右臂弯成了一个非常奇怪的弧度，下方垫有一个抱枕。我看到在他的右肩后方隆起了一个和他的脑袋差不多大小的肿块。真没想到有人会在关节处有这么多的出血和积血！当我伸手去触摸那个肿块时发现它非常的紧实，感觉摸不到里面的骨头。我不由得想：他的肩胛骨去哪儿了？

团队里的住院医师和实习医师在检查结束后就离开了急诊室。他们走之前嘱咐我站到患者身后试着听听他的额外心音。当只剩下我们俩的时候，贾米森先生告诉我因为他的右臂关节处多次出血，所以肩胛骨已经被血液溶蚀了，目前在里面起支撑作用的其实是一块组织生长的"假瘤"。这块"假瘤"已完全填充或者说占有了之前肩胛骨的位置，令他疼痛难忍，所以他想要通过手术将其摘除。我对什么是"假瘤"一无所知，于是静静地听他讲。他说："我可能不得不失去这条右臂，因为臂丛神经①和血液供应系统都可能在手术过程中受损。"贾米森先生说这番话时一直左顾右盼，偶尔才看我一眼。他的声音听上去既镇静又克制，但我还是留意到当他说起给他带来极大痛苦的右臂时使用了"这条"而不是"我的"的字眼。

我的脑海中突然闪现出一幅他戴着假肢或某种金属假体的画面。面对一位告诉你他即将失去一条胳膊的患者，我一时语塞，不知要说些什么。所以，我并没有像以往那样听完了后背的心音便走回到患者的面前。我和他都在刻意回避，好似生怕打破了某种平衡。

就在我一时沉默，不知如何回应的时候，他又开口了。他说："所以，接下来的几周，我需要考虑很多事。"我朝他同情地摆了摆手，示意他接着往下讲。他说自己最近服了很多的止痛药，让他感觉很不舒服。我问他具体指什么——是说止痛药让他感觉眩晕乏力，状态不好吗？

这一次，他和我四目相对，而后他一字一句地说："就是我好像是从一个很远很远的地方看着这

---

① 臂丛神经是位于颈部和肩膀区域的神经网络，由多条脊神经组成，负责向手臂、前臂和手传递运动和感觉信号。

个世界。日落没有那么美了，笑得也没有那么开心了。"他对这种被药物或其他什么影响的生活状态的描述让我很讶异，好似他的人生已经被偷走了。没有了令人心动的日落，也丧失了欢笑的日常，原本旨在缓解疼痛的药物实际上抑制了也剥夺了他原本蓬勃的生命活力。

我走出急诊室前对他说以后有机会去楼上看他。他说："谢谢你听我讲了整整一分钟。"这句话让我既欣慰又难过——我给他的原来不过是一分钟！

"别，别这么说。要说谢谢的应该是我，谢谢你的分享。"我转身离开时轻轻地碰了一下他的右臂手肘。

我遇到的患者都让我感到心痛，真的。在他们身上，你会感受到一种无法形容的善良，即使他们正在承受生命中的不可承受之重，将失去自己的家人或手臂。我有时候禁不住想会不会正是这些人世的苦难让他们如此善良，尽管这个念头让我自己都感到害怕；又或者是他们的善良是如此纯粹和广博，即使面对苦难，人性中的美好也无从遮掩。这也是当我听到有同学说行医只不过是份工作时有些接受不了的原因。每一位面对生死的患者都心存恐惧，孤立无援。当他们放下戒备，让我们这些医者步入他们的内心，与他们一起抵挡那份恐惧与孤独时，我想我用一只手都能数出我们需要做的工作，而我们付出的也可能只不过是一分钟。

感谢您一路以来的支持与帮助！

艾米

清晨急诊室里的忧伤

阮金善（Kim-Son Nguyen）

她抬起头，眼神疲累，嘴巴在呕吐后充满了酸涩感。我又一次忍不住地看向她垂悬的鼻环。

"你现在感觉怎么样了？"我轻声问道。她躺在一张停放在通往医院创伤综合病区的走廊的轮床上，所以我有意压低声音想要保护她个人隐私的做法显得有些徒劳无功。

"还是特别疼。"她轻声地回了一句，没有再请求什么。她已经在这张轮床上因疼痛和呕吐挣扎了四个小时。她知道现在唯一能陪伴她的只有我这个医学院三年级的学生，所以她再也没有提出要见"医生"

的请求。陪她前来的女伴已在床尾一侧的一张椅子上睡着了。此时，凌晨三点，急诊室里满是呕吐、撕伤、裂伤、枪伤以及从两层楼的高处跌落的患者。

我不知道该和她说些什么，便轻轻地拍了拍她正在输液的苍白手臂。她看上去比实际年龄要小。我都能想象出自己一早小组汇报时提到她的样子："女，20岁，三个月前曾流产一次，目前已腹泻三天，有便血，属于直肠鲜红色出血（BRBPR）……"我不知道住院医师会不会专门去看她，但我知道他们应该不会同意在这样一个年轻的鼻子上打孔戴环。

"我太渴了！能喝点东西吗？"这已经是她第四次还是第五次这样问我了。

"你很有可能要去手术室，所以我们要避免给你任何东西，"我停顿了一下，"也许，我能给你拿点冰块。"在过去几周里，我所做的大都是听从吩咐和指挥。此刻，我突然间自己做了一个决定。啊，真可谓意义重大！内心还突然有了一点小得意。但是，很快，我就被她痛苦的表情拉回了现实。

三个小时，四个小时，五个小时，急诊室的工作让人应接不暇。好多个腹痛病例，几个腰部损伤病例，一个中毒病例。人员更是复杂：男的、女的、年轻的、年老的，穷的、富的，有精神疾病的、酗酒的、嗑药的，老波士顿人、落地才三周的海地人，等等。各种痛苦混杂交织，拼接成了一幅人类痛苦、愤怒、绝望和焦虑的马赛克。凌晨五点了。已经五点了吗？我坐在分诊区旁一张有血渍的绿色塑料椅上稍作休息。

我觉得自己在住院部三周的实习经历和在急诊室将近三周的实习经历已让我脱胎换骨。很难说清楚这一切究竟是怎么发生的。但是，我确信自己的内心已在悄然间发生了清晰的改变。当亲眼看到一把15号手术刀切开腹部的时候，当四十瓦特的烧灼刀[①]切开筋膜将人肉烧焦的味道弥漫在整个房间的时候，你觉得我会有什么样的感受？当进行小肠穿孔手术而手术室的清洁设备没来得及打开，患者的血液和粪便流得到处都是的时候，你觉得我会有什么样的感受？当医疗团队不得不停止心肺复苏，当场宣布一位患者（他可能是谁的丈夫、父亲又或是祖父）死亡的时候，你觉得我会有什么样的感受？当患者因为骨折或组织破损痛苦地大喊大叫，心如死灰，我作为一名医护却无能

---

① 烧灼刀（Bovie）是一种通过直流电切割、密封或烧灼组织和血管的医疗设备。采用这种设备的外科手术被称为"Bovie烧灼术"。

为力同样绝望的时候，你觉得我会有什么样的感受？

我的每一天都在目睹生离死别。各种情绪轮番来袭将我包围，将我淹没。我甚至都没有反思和喘息的机会。我敞开自己，接纳一切。也许这样做有些愚蠢，但这就是我的倔强和坚持。因为我知道亲身经历的一切都会成为我的一部分。我原以为自己会哭，但是我没有。在急诊室工作二十四小时之后，我回到家蒙头大睡。睡眠带给我一种无思无虑、无牵无挂的奢侈体验。睡醒之后，我又一次情绪饱满地回到医院，欺骗自己说又是崭新的一天。其实，我很清楚前一天的负累还在那里。前一天以至更早之前的每一天，我所经历的都如影随形。我珍爱自己在医院里的分分秒秒，时常会怀疑情绪反应会不会妨碍我医学知识的增长，会担心双眼有泪会不会遮挡我学习的目光。

我的"鼻环"患者终于睡着了。她的轮床依旧停放在走廊上。我沿着空荡荡的走廊去放射科查看她的CT结果。五分钟后，我又回到了分诊区。她的轮床一动未动。我感到有些绝望。她又醒了，干呕了几次，什么也没吐出来。见我走近了，她抬起了头。

"真抱歉！"她说。我知道她为自己在我面前表现出想吐而感到不好意思。她又干呕了几次。我静静地站在一旁,体验到一种短暂的平静。她终于不再呕了,全身放松地躺了回去。

"从CT结果看,你患阑尾炎的可能性不大。"

她长舒一口气,露出了一丝释然的微笑。"这么说,我不需要做手术了?"

"是的。"我平静地回应了一声。

她闭上双眼说:"真高兴听到这样的消息。"

我站在那儿,脚后跟用力地踩在木底鞋上。她的CT结果显示她的腹部有多个肿块。不论是放射科的医生还是我一个初出茅庐的学生都对此忧心忡忡。此时此刻,我知道自己什么也不能说。我们还需要做更多的化验才能得出结论。肿块也不一定就意味着是癌症,对吗?

我突然好想哭。

"斑马"不是马

祝豪（Hao Zhu）

沙特政府专门将这个十二岁的男孩转送至波士顿儿童医院，希望他可以在这里获得全世界最好的医疗照顾。我早在轮转实习开始前就听闻了此事。男孩目前住在住院大楼的第八层，身患一种全世界罕见的基因突变疾病——Toll样受体[①]变异。科学家们研究发现Toll样受体及其发挥作用的分子路径是果蝇和老鼠等胚胎发育成功并形成基本免疫功能的关键。换句话说，

---

① Toll样受体（Toll-like receptor）是一种非常重要的先天免疫蛋白，能识别侵入体内的微生物进而激活免疫细胞的反应。德语中的"toll"意为"令人惊讶的""非同寻常的"。

患有Toll样受体变异的生物体连最普通的细菌感染都无法抵御。对学医的人来说，能亲身接触疑难杂症实属难得。这也是我申请到声名远扬的波士顿儿童医院实习的主要原因之一。一名好医生听到马蹄声不仅会联想到马，还会思考有没有可能是"斑马"，而这个十二岁男孩的病症简直就是"斑马中的斑马"。罕见疾病的患者在医学领域通常被视作不可错过的研究对象。个人的先天性遗传缺陷就此便暴露在科学研究的聚光灯下。对比以往科学家们花费数十年的时光只能研究一只携带此种基因突变的老鼠而言，这个男孩在承载个人痛苦的同时也蕴含着丰富的科学认知。

在加入八楼的医疗团队之后，我有机会接触到了各种各样的罕见病例。在我开始实习的第一天，一位有着很高科学素养的免疫学家专门就男孩的情况做了介绍。他明显也被男孩的病例深深吸引，特别谈到了我们应如何展开具体的研究与分析。由于男孩的病情十分独特，无法与已知的经典类型进行比对，所以我们需要做大量的额外工作。讲座给人一种我们不是在谈论一个生病的孩子而是某种稀有野禽的感觉。虽然听上去有点残忍，但医学研究带来的知识上的快乐也是不容否认的。我很能理解这位免疫学家的投入感和兴奋感。可以说，心有戚戚焉。

几天后轮到我值班，我第一次有机会和男孩正式碰面。团队里的一位女医生先在男孩的病房外敲了敲门，预留出时间让房间内男孩的母亲蒙上面纱。我们一个个穿上无菌防护服，戴上医用面罩。实习医师在踏进病房前想了想如果男孩的母亲问及后续的治疗方案，他要如何作答。说实话，这个问题就连我们的资深住院医师也没有答案，因为到目前为止还没有一个具体的治疗方案。尽管没有"剧本"，我们却已经敲门"登场"了。

那天走进男孩的病房已是傍晚，拉上了百叶窗的病房显得阴暗。因为面纱的遮挡，我们看不到男孩母亲的模样和表情。他们已经住院六周了，却还没有得到一个明确的说法。所以，我猜测她也许依然满怀希望，又或者沮丧失落，抑或是已黯然放弃。男孩的弟弟也在病房内。他正笑嘻嘻地抓着妈妈的大腿，看上去健康可爱。和大多数患者的父母一样，男孩的母亲一看到我们就迎了上来，好像只要医生来了孩子就有救了。从她快步上前的样子看，她应该还怀抱着一丝希望。然而，当我们看向躺在病床上的男孩时都能感觉到他全凭药物在维持。

他看上去高约90厘米，整个人又黑又小，就好像一连数月生活在山洞之中。他犹如胎儿一般被层层包裹，胸腔处连接的一台机器帮助他完成体内的气体交换。大千世界，何其残忍！我又如何能感受到他的痛苦？一个人的灵魂就这样被禁锢在已被摧残破坏的身体里。他没有说话，也许是因为过于虚弱，也许是因为听不懂英语。总之，他无法与我们进行直接的交流。这一点反而让我感到如释重负。说真的，如果是我躺在他的位置上，我会不想跟任何人说话。我会想：为什么这些医生非要让我活着？所有这些医生、检测、抽血、受体、基因测序都是什么鬼，又有什么意义？或许，这一切在他眼中不过是一场病态的游戏。我无法揣测他在我们彼此眼神相遇的那一刻会想到些什么。但我真心希望他在那一刻无知无感，无思无虑。他是我们的患者，但那一刻我不想让他有生而为人的任何感受。

我们从这间无菌的病房鱼贯而出。早先那种科学探索带来的兴奋感在这个孩子的悲惨世界面前统统消隐而去。现实残酷，触目惊心。对学医的人来说，他的出现既是礼物也是诅咒。我们借由他的病例学习和认识他体内缺失的基因及其在人体免疫系统中所发挥的作用，可他所承受的痛苦却是令人感到如此残忍和恐怖。

最后的祷告

胡琼（Joan S. Hu）

这是我在妇产科实习的第一周。科室轮转的进度很快，我感觉自己好像突然就被扔进了妇科肿瘤科。我加入的这个团队每天忙得团团转：去手术室，去病房，去塔楼，再去手术室……一路小跑前进，周而复始。我们这一层一共有十五个患者，手术室的使用时间从早到晚排得密密麻麻。

今天的重点是为明天一早的脏器切除术做好准备。西医的医用词汇大都源于希腊语，"脏器切除"在希腊语中的原意就是"挖空肠道；取出内脏"。

S女士今年三十岁，已婚，有一个两岁的男孩，是科室里的"明星"患者。她有着一头漂亮的褐色头发，体态年轻，皮肤呈古铜色，给人一种杂志封面女郎的感觉。在做完经腹子宫切除术①、化疗和放疗仅数月后，她的宫颈癌便复发了。在此期间，她应该去了百慕大（Bermuda）或其他什么地方接受了顺势疗法②。根据两周前的核磁共振成像，她体内的癌细胞已扩散至膀胱壁和结肠。因此她即将要做的全盆腔脏器切除术将切除她的膀胱、阴道和部分结肠；与此同时，医生们将在她的体内放置全新的塑料膀胱并重建结肠和直肠。如果手术顺利完成，她的存活概率将是50%。如果不做手术，可以说活下去的概率几近于零。但是，我们首先需要对她的淋巴结和骨盆壁进行活检，以确定癌症尚未转移。一旦转移，手术将不再有意义，生存的机会也就没有了。

---

① 子宫切除术可能采用经腹部、经阴道或腹腔镜的方法来进行。经腹（腹式）子宫切除术（Abdominal Hysterectomy，AH）是指通过腹部的手术来切除子宫。

② 顺势疗法（Homeopathy），又称为同质疗法或同种疗法，是一种医学替代疗法，由德国医生塞谬尔·哈奈曼（Samuel Hahnemann，1755—1843）依据"以同治同"的理论于1796年提出。这理论认为如果某一种物质能在健康人群中引起某种病症，那么这种物质稀释处理后就可以用于治疗该病症。譬如洋葱会引发打喷嚏，那么稀释后的微小洋葱就可以用于治疗以打喷嚏为主的鼻炎。该疗法自创立以来就饱受争议，有人认为其为"伪科学"。

这台手术非常复杂，估计会从上午九点一直持续到中午十二点。我因自己即将能够进入手术室观摩学习而倍感兴奋。为了能在第二天手术前记住所有的操作步骤，我仔细摘抄了手术操作指南中的相关章节。对一名医学院的学生来说，能进入这样的甲级医院的手术室并参与这种一年可能只有一次的大手术实属机会难得。所有的住院医师都想进入手术室观摩。我们有两名妇产科医生同一名普外科医生、一名泌尿科医生和一名主治医师一起洗手上台。S女士的这台手术注定将是今年全院的焦点。

在她和家人等待医生进行术前准备期间，我向他们介绍了一下自己，心想这么做——在她进入手术室时看到一张熟悉的面孔——可能会对她有所帮助。几分钟后，外科医生和麻醉师也来了。就在我们准备推她进入手术室前，她的家人希望所有人，包括医护人员都能围绕她做一次术前祷告。她的丈夫首先开口："我们的天父啊，求你保佑和祝福，求你赐给我们的女儿，我们的姐妹，我们的妻子战胜磨难的力量和勇气。求你保佑主治医师的双手，赐给他们手到病除的智慧。也求你保佑每一位护士，让她们心中充满关爱和细致。我们的天父呀，求你赐予我们每一个人力量，求你保佑我们的女儿、姐妹、妻子，指引我们，赐福给我们，赦免我们，怜悯我们。"他的声音听上去颤抖、破碎而嘶哑。

我一直忍不住在想：这会是为她做的最后一次祷告吗？力量有限、对前途一无所知的我们会是她最后的祷告者吗？

我站在手术室里，真希望自己能站在那儿擦擦洗洗。总之，就是希望自己能出份力，能帮上忙。我们需要做的第一件事就是将S女士的病灶标本运送到冷冻实验室进行外科病理分析。S女士的主动脉旁淋巴结、左侧骨盆壁、左侧骨盆壁浅表、左侧骶前骨盆壁和左侧第三节骨盆壁都需要一一做活检。我一路跑到活检实验室，一心希望结果全是阴性的。医生在狭小的实验室里冷冻、书写、切片、铺片、洗涤、再洗涤，忙得团团转。等待让人感觉无比漫长。其实我知道她已经在以闪电般的速度工作着。终于，这位温柔且干练的病理学家说了一句，主动脉旁淋巴结阴性。太好了！我们离全盆腔脏器切除术又近了一步！我又等了一会儿，左侧盆腔侧壁活检结果呈阳性，癌症转移；左侧骨盆壁浅表结果呈阳性，癌症转移。这是什么意思？转移了？手术还能做吗？

我冲回手术室，问我们无所不知、声音温和、医术精湛的主治医师B博士，全盆腔脏器切除术还做吗？

不了。答案是否定的。由于目前癌细胞已扩散至她的整个盆腔壁，没有了干净的窗口，我们已无能为力。

我不得不慢慢地接受这个"已然如此"的现实。"不了"是一个人在医院里听到的最可怕的一个词。"不了"，她再也没有机会了。"不了"，手术不做了。"不了"，不论怎么说，任何治疗都不再有效果了。"不了"，是治疗的终结。

医生们还是继续为S女士切除了结肠中一大块的癌变肿瘤。但是，他们决定不去碰触位于她阴道顶部的那一大块，因为它牢牢地盘踞在那里，用他们的话说，已经根深蒂固地"冻结"在了那里，深入了骨盆腔，并紧紧地抓住了膀胱及其周围的韧带。这一切对S女士来说意味着什么呢？至多再撑几个月吧。

她从麻醉中醒了过来，没想到这么快。从术前准备到现在，十个小时过去了，都发生了些什么？我上了趟洗手间，吃了顿饭，准备进行长期观察，也就这些吧。我们从上午十点开始到现在不过中午。S女士醒过来，喃喃自语了一句"好快呀"，接着又昏昏欲睡。我不清楚她是不是知道了些什么，但我们所有人，从护士到麻醉师，大家都三缄其口。我们所能做的就只有看着她。那是一种令人无法承受的沉默，一种令人心如刀割的悲痛。我们所能做的只是看着她，勉强挤出一点微笑，揉揉她的双手和双腿，告诉她手术已经结束了。我从未听说手术室可以如此安静和悲伤，空气中弥漫着令人窒息的失望、不解和无能为力的痛苦。

听说她的家人对这个结果难以接受。他们怎么能接受呢？当医生和护士问及她在百慕大参与顺势疗法的那几个月是不是会有一些影响时，她的家人情绪低落地说这都不重要了。已然如此，再去回溯什么都已毫无意义。

对S女士和其他一些患者来说，现实就是如此残酷。我后来还参与了两台手术。其中一台手术的患者是一位身形娇小、身体虚弱的越南老太太T女士。如果不是因为她的一头银发，你只看身形真有可能误以为她还是个孩子。她五官特别漂亮，一看就是那种年轻时风姿绰约的大美人。T女士患有转移性卵巢癌，也无法进行全盆腔脏器切除术。但她也做了部分肠子的切除术。她的癌细胞已转移和扩散至一个非常广阔的范围，延伸至横膈膜并深深地侵入肠道，就连最具有威力的"肿瘤细胞减灭手术"，即"减瘤术"也令人遗憾地败下阵来。

我参与的另外一台手术的患者也是一位非常和善的老太太H女士。她有盆腔肿瘤和腹胀，极有可能也是转移性卵巢癌。她做手术的那天下午，我们在她的腹腔内发现了足足四升的恶性积液。巨大的白色癌变肿瘤块就盘踞在她肠道的大网膜上方，"骄傲肆意"的模样犹如不可一世的国王。在手术过程中，一旦我们触及癌变肿瘤，一旦我们稍有切割，血液就犹如红色的洪水一般顿时涌入腹腔。它们都是从哪儿来的？我们赶紧开始止血，也试图找到动脉出血点。然而，令人遗憾的是，这就是她那嗜血如魔的癌细胞。外科医生不由得连连摇头，忍不住地嘟囔着说这真是太让人生气了，太糟了，太糟了！

那一周，我一直在想，我们到底可以做些什么呢？到底可以切除到什么程度呢？我们能切除S女士的整个盆腔来救她吗？我们能切除T女士和H女士所有的肠子吗？到底要切除多少才算合适？癌细胞已经贪婪地吞噬了多少？它们犹如一个个威力无边的恶魔巨兽，由内而外地啃咬和吞噬着一切。我们犹如驱魔人、恶魔追逐者、大祭司、智者。我们切呀，杀呀，割呀，剜呀，缝呀，我们想要拔除干净，我们试图挖空内脏，我们希望着，盼望着——然而，一切都是徒劳！我们祈祷，我们吟唱，我们想要拿起武器库中神奇的魔杖，发出一两道蕴藏着天地能量的光芒，试图将恶魔永永远远地打败制伏。然而，我们悲愤地发现它们总是会死而复生。当一团紫色的细胞紧紧地盯着我的双眼，我还是很难相信这就是患者的宿命，或许也有可能是我的！祈祷，最后的祈祷有什么用？难道是为了指引我们走向生命的终结吗？

今天，在收音机里我听到了《圣经·诗篇》中的第二十三篇。我专门写了下来准备妥善保管，想着以后如果面对生命垂危的患者，只要他们同意，我便读给他们听。我似乎也开始理解了人们为什么需要祷告。

受限的生命

格雷格·费尔德曼（Greg Feldman）

医学院一年级的课程中没有一门课取名为"医治失败的患者"。科洛沃斯（Colovos）先生一开始看上去并不属于这样的患者。他先是因车祸导致腹部严重受伤，在切除破碎的脾脏和结肠之后死里逃生。然而，在历经多次手术及理疗之后，他的小腿开始异常疼痛，导致现年五十五岁的他无法正常地行走或开车。近期，他因尿路感染与腹痛再次入院，我们在经过多次鉴别诊断后还是毫无头绪，束手无策。最终，我们借助X射线计算机断层扫描成像发现他的结肠与膀胱之间形成了病理性的排脓管道，即瘘口。

科洛沃斯先生将医院的毯子裹至胸前，神情痛苦。可他每次一看到我或护士就总是一副和颜悦色的样子。车祸后，他便再也无法正常工作了。紧接着，行动受限让他以往的社交生活日益困难，婚姻生活也日渐紧张，个人情绪开始低迷。用他自己的话说，就是觉得自己"百无一用"。他虽然服用了抗抑郁的药物，但整个人的情绪调整或改善并不明显。关于车祸的法律纠纷也拖了很久。有利于他的事故鉴定结果即将出炉，但他看上去似乎毫不在意。

"我即使拿到了一百万美元，又能怎么样呢？"他说。他对即将到来的新一轮手术也不怀期待，就好像虽然命能保得住，但生命的意义早已荡然无存。"也许，"他说，"我在车祸中死了反而可能更好。"

面对我的各项提问，科洛沃斯先生总是友好且详尽地予以回答。他的表情偶尔会因疼痛而有些扭曲。我们聊到他的家庭情况、疾病史和医疗挫败，他的话明显地多了起来，手势也越来越丰富。我留意到他趋于活跃的个人表达和我们沉重的谈话内容之间有一种强烈的违和感。我终于提出了那个萦绕在我心头的问题。

"什么会让你感到快乐？"他不假思索，异常冷静地说了一句："没有什么了。"他停了一下，脸部的线条因为看到摆放在床脚的那张肉嘟嘟的婴儿照而柔和起来。"可能也就她吧，她很爱她爸爸——我的儿子。"就这样，我们聊了会儿他的孙女。接着，我又把话题拉了回来。

"再没有了？"

"没了。"

自从遇到科洛沃斯先生之后，我一直在想尽管医生的主要工作是确保患者的身体健康，但对于患者能从自己的病痛当中获得怎样的生命认知却很少关注。谁不希望自己可以无病无灾地度过一生呢？问题是，当疾病缠身时，科洛沃斯先生的状态让我明白，患者自身对疾病的态度远比疾病本身更重要。这种态度将决定患者在疾病面前能获取怎样的生存意义和乐趣。我想起祖母经常说的一句老话："格雷格，人生在世，多活一天就多遭一天的罪。"

外科医生是可以挽救科洛沃斯先生的生命，根治瘘口的问题。可是，除非他自己接纳并适应这种生命受限的事实，否则我们不得不跟着他一起怀疑，是不是在车祸中丧生才是最好的安排。我遇到过其他和科洛沃斯先生一样身体面对诸多挑战的患者，然而他们却在竭尽所能地从现实生活中获取幸福感和愉悦感。这一点让我更加确信帮助患者建立积极的人生态度和治疗他们的身体疾病一样重要。在接下来的几年里，我想我将学习如何让患者重拾信心。这一年的经历让我觉得这就是我的使命。像科洛沃斯先生一样的患者时刻提醒着我，让患者们寻求到、感受到快乐对于身体健康来说至关重要。真心希望科洛沃斯先生能与自己的现状逐步和解，接纳生命受限的现实，继而再次寻找到生命的意义和价值。

解　剖

克里斯蒂娜·徐·罗德（Christine Hsu Rohde）

一动不动，毫无温度，几近冰凉，
罩单下是一个人，一个人形的剪影。
曾经，她有过多少次呼吸，多少次心跳？
然而现在，这些还重要吗？
或许此刻——
她只需要给这些医学博士提供他们想要寻求的答案：
是急性呼吸窘迫综合征（ARDS）还是肺动脉栓塞（PE）？
是急性心肌梗死（AMI）还是非霍奇金淋巴瘤

(NHL)?

一连串各式各样的奇怪拼写与缩写。

讽刺的是,

人们在无法回答问题的他们身上寻求答案。

耳边此时响起一首歌的副歌部分——

"哦,死亡,你是生命的一部分!"

哎,等等!

难道是说要在没有了生命的他们当中寻找生命?

她的双肺会呈现所有的细节,

她的肠道会提供所有的观点。

她毫无情绪,只是沉默有力地肯定着查看者的判断。

电锯声起,碾磨肋骨。

此时,收音机里传来一首《通往天堂的阶梯》[①],

而后,内脏被整体取出,

或许紧接着就会播放珠儿的那首《你的碎

[①] 《通往天堂的阶梯》(*Stairway To Heaven*)是英国摇滚乐队"齐柏林飞船"(Led Zeppelin)在1971年发行的一首长达8分钟的歌曲。

片》[1]。

解剖开始——
食道、胃、肠道：它们想要讲述的，
不是幽门螺杆菌胃炎或伪膜性结肠炎，
又或其他读起来令人感到舌头要打结的词语，
而是远近闻名的苹果派，是辣得要命的水牛城辣鸡翅[2]。
曾经一度卡住的鸡骨头，
和恰巧就站在身旁懂得海姆立克急救法的陌生人，
曾经每一场和流感的较量，
曾经每一个龙舌兰酒过量的夜晚，
都已消隐不再。
过往种种也已不再被提起。

继续往上到气管和双肺。

---

[1] 珠儿（Jewel Kilcher, 1974— ），美国创作歌手、演员和诗人，曾四次获得美国格莱美奖提名。首张专辑唱片《你的碎片》于1995年推出。
[2] 水牛城辣鸡翅（Buffalo wings），在美国东北部简称 wings，是源于美国纽约州水牛城的一道名菜。

在那里，她说出了人生的第一句话也留下了最后一句话。

曾经充满活力的声带唱过什么样的歌曲？

是教堂唱诗班的回声，是大都会开幕之夜的高歌，

也是醉酒后跑调的旋律。

欢笑声起——

听，那刺耳的兴奋；看，那乱颤的肚皮。

还有抽烟后留下的或黑或红的点点痕迹。

接着是心脏。

这里没有炸薯条的痕迹，

但它一定曾被丘比特之箭刺穿，

在情感的激荡中伤痕累累。

当初次遇见自己的丈夫，

听见婴孩的第一声啼哭，

她的心房一定曾咚咚作响。

是的，有多少次，

她的心跟着恐惧，跟着兴奋一起跃动？

而今，曾经嘀嗒作响的体内时钟停摆不语。

来到头骨，穿过硬脑膜，取出大脑这无形的操

控者。

而今，曾经闪过的每一个想法，每一段记忆，每一个幻想，

就这样呈现在戴着手套的手掌之中。
满载信息的脑回路已因年长而萎缩。
哦，放进了小桶里的她的大脑——
真的不再工作了。

其余的脾脏、肝脏、胰腺、膀胱、性腺，
从头到尾，她的碎片，
充满着不为人知的回忆。
解剖台清场了，
只留下了福尔马林中的切片、托盘上的切片。
而后，剩下的一切都归于墓地。
人们希冀着"记忆"依旧存留在某处，"传奇"依然能够继续，

此时的句点，只不过是表示另一个开始的逗号……

然而，人们常说的灵魂——
你，究竟在哪里？

星期天

特雷西·巴尔博尼（Tracy Balboni）

一个周日的早晨，我八点前走进了医院的旋转大门。比起平日里的喧嚣忙碌，此时的大厅分外地安静。当我慢慢走近医院里的那条主长廊，这份安静便被走廊上流动却又柔和的场景取代了。

一位男士躺在走廊上的一张移动轮床上。他嘴巴大张，脸颊两侧原本戴有假牙的位置此刻往里深陷。轮床后面站着一个海地人。他一边推着轮床一边低声哼唱着一段优美的旋律。一位神色匆匆的医生此刻正大步流星地紧随其后。他因为轮床挡道而面露不悦，胸前的听诊器和工作卡被震得啪啪作响。一位年长的拉美裔阿姨推着一车的清洁用品缓缓走来，一副置身事外的模样。

我继续朝电梯走去。在与保洁阿姨擦身而过的瞬间，我们俩四目相对，她莞尔一笑，脸上的皱纹刻画出一个友善的灵魂。我冲到电梯口，在电梯门即将关闭的刹那一个闪身跨了进去，迎面撞上了毫无表情的四个人的目光。我们五个人齐刷刷地紧盯着不断向上的楼层数字，空气凝结，百无聊赖。

位于大楼第七层的妇科肿瘤科收治的大都是身患绝症的女性。那天清晨，护士台很安静。我在等待住院医师到来的间隙专门留意了一下当时的收治情况。还好，没有住满。此时，分诊区格外静谧，我便开始了晨祷："亲爱的天父，求你保佑我。我的心中充满疲累，求你带领我战胜这疲累，让我能谨遵你的旨意活出你的荣耀！亲爱的天父，求你带领，让我能将你所赐予我的都再一一给予患者们……"

住院医师到了。我匆匆结束了晨祷，开始工作。

直到次日凌晨两点，七层的妇科肿瘤科才再次安静下来。忙碌似乎终于告一段落。尽管还有一些问题，但在整个医疗团队凌晨四点半上班前都不难应付。只是我和带我的住院医师还面临着一个棘手的问题：一位患者的血压总是控制不住。我们一晚上进进出出她的病房好多次。在为她注射拉贝洛尔（Labetalol）之后，我们仔细查看血压的变化情况。可惜，注射效果并不理想，患者的血压依旧很高。夜深了，我身心疲惫。一早刚上班时的那份耐心与专注早已被消耗殆尽。此时，我只想扑灭心中这团熊熊燃烧的"血压之火"。

血压控制不理想的老太太患有卵巢癌，住在一间双人病房中离门较远的那张床位上。进门的地方则住着另外一位六十岁左右，在上周确诊卵巢癌的女性。整个白天，我虽然进出这间病房好多次，却一直没有留意到她。到了晚上，她感觉很不舒服，痛感强烈且伴有呼吸困难。这个时候，你想不留意到她也是不可能的了。显然，造成她呼吸困难的主要原因是她因肿瘤和腹腔积水而鼓胀的肚子。尽管她服用了大量的药物，但依旧在床上辗转反侧，难以入眠。对此，我和住院医师都有些无能为力，不知道还能为她做些什么。说实话，我甚至有点无感。如今回想起来，我对自己当时的无动于衷深感羞愧。她让我印象最深刻，或者说让我倍感震撼的并不是她的肉体之痛，而是她表现出来的精神之美。它在瞬间便刺穿了我因一整日的疲累而高筑的心墙。

她整个人的状态很不好,却异常平和。面对痛苦,她从不抱怨,只是默默承受,浑身散发出一种难以言说的优雅与从容。这种异乎寻常的平和一下子就触动了我,尽管当时我并没有深思触动我的究竟是什么。我一直在忙个不停,一心想要把隔壁床老太太的血压给降下来。

后来,我和住院医师因为她的状况持续恶化而再次留意到她。她挣扎着想要找到一个可以让呼吸不那么短促的姿势。随着身体的扭动,她全身插的管子开始纠缠交错。我和住院医师赶紧跑过去帮她梳理。结果,我一不小心把自己也给绕进去了。面对此情此景,我和她都不由得乐了。

再后来,我在天亮之前勉强睡了一个小时。清晨查房时,我发现她已被紧急送进了重症监护室,整个人处于昏迷状态。那天晚些时候,她去世了。

回想起夜里发生的一切,我突然发现在她意识清醒的最后几个小时,陪伴在她身侧的人竟然是我!我的眼泪顿时夺眶而出。原来是我拥有了她人生的最后时刻,而我差一点对她视而不见。我一步步反思自己未能为她做的事——未能感知她的痛苦,未能倾尽心力地安慰她。我一遍遍地回想起我和她之间的短暂互动，那个被各种管子缠绕的滑稽时刻和她在艰难地呼吸之间发出的笑声。我知道我就是那个听到她在人世间最后几声欢笑的人。我惊叹于她的平和，一种由内而外散发出的平和。我想即使到了生命的最后时刻，她依然在用自己的精神之美影响着身边人。

那天晚上，我一个人穿过医院长长的走廊。曾经在这里偶遇过的所有生命在我的眼前一一闪过。我在心中为她的逝去和我们短暂的相逢默默地祈祷。我为自己有幸遇到一个如此美丽的灵魂而深深感恩。我透过她生命中的最后时刻看到了上帝的爱。我知道她已安息主怀。

上帝借由她的生命让我认识到自己身为一名医生究竟应如何服侍患者——不要因为急于完成手头的工作而丧失内心的慈悲，不要对患者的痛苦视而不见；相反，要带着一颗能够共情同感的心，饱含深情地看着眼前的一切。

生命流转

克里斯汀·莱特（Kristin L. Leight）

我第一次听到斯普拉特（Spratt）先生的名字是在查房的时候，它给人一种英国作家狄更斯笔下某个人物的感觉。后来，当他真的成了我的患者，当我第一次真的见到他的时候，那种"名如其人"的契合感还是让我大吃一惊。最引人注目的就是他的肚子——因腹腔积水而异常大的肚子，再加上他白皙的皮肤、高耸的鼻梁和并不高大的身材，活脱脱就是狄更斯笔下的人物再现。我能一下子就想象出小说中对他这样的描述：身穿马甲背心，揣着怀表，一手扶着大肚腩，大摇大摆地走过来。然而，与狄更斯笔下因暴饮暴食或长期酗酒而肚大如箩的角色不同，斯普拉特先生的大腹便便则是源于一种被称作"类癌肿瘤"（carcinoid tumor）的罕见疾病。事实上，深受疾病困扰的斯普拉特先生躺在病床上昏昏沉沉，浑身无力，没有半点我想象中的神气活现。他就像是一名困在病危身体里的囚徒。每次看到他，我都会想起驮着重重龟壳的乌龟。他由于肚子过于巨大而几乎动弹不得。

他一开始并不是我的患者，而是另外一名实习医师的"回流患者"，也就是说这名实习医师曾在不久前治疗过他，隔了段时间之后又成为了他的医生。后来，当我负责的一位患者出院后，我跟随的住院医师建议我接手跟进，因为斯普拉特先生对一名医学院的实习学生来说是一个"非常好的医学病例"。几年前，斯普拉特先生被确诊为类癌，且已向肝脏转移。一年前，化疗因副作用太大而停止。过去这几个月，他的腹部因肿瘤积液侵入肝脏而不断地肿胀。住院期间，他严重的腹液感染又导致他的肝脏和肾脏功能衰竭，随后又进一步造成他的精神意识出现了变化。患有严重肝病的患者往往都有双手颤抖的现象。这种手部的颤抖通常也是住院医师让实习生们留意的病症细节。可怜的斯普拉特先生犹如一名时不时需要双臂抬起的交通警察,就这样经常被要求"停止交通指挥"以便我们能仔细观察他因肝脏不好而出现的手抖现象。

从我接手到他离世,全程不过六天的时间。每天清晨去查房,我都会问他叫什么名字。他每次也都会以一种我几乎无法理解的仪式感说出自己的名字:"我叫小斯普拉特。"他从来都不会忘记说这个"小"字,即使是在我见他的最后一天。但是对于今年是哪年又或是自己现在在哪儿这样的问题,他每每都答不上来。我发现他会经常问陪伴在侧的妻子自己住在哪家医院,今天是几月几日,而后反复练习以便查房时能对答如流。或许,他这一辈子都已习惯给出正确的答案。能看得出来,他一直是个体面人。可是现在,他不得不穿着成人纸尿裤,不得不因多次摔倒而行动受限,不得不面对自己日趋衰弱的身体和迟钝的反应,这一切都让人不由得心生感慨。在他生命的最后几天,他基本上已无法回答问题了。我做完检查后,看着他呼吸艰难,往往会站在他的床边将手轻轻地放在他肿大隆起的肚皮上,试图想象他入院前的样子。奇怪的是,我总会清晰地看到一幅幅电影般的生动画面：斯普拉特先生正在含饴弄孙，正在制作感恩节的火鸡，正在自家后院忙着烧烤。这让我感觉尽管我们并没有开口说话，但我们之间有一种非常奇妙的连接。人们常说，即使一个人处于昏迷状态，他对身边的人与事依然会有感觉，所以我希望斯普拉特先生在昏迷不醒之际能觉察到有一个人正在默默地为他祝福。

我刚刚开始接手斯普拉特先生的时候，主治医师就曾要求我对他的个人病史、就医史以及病理分析做份报告。但是因为他的病情实在是过于复杂，我便延后了报告时间。说实话，为了弄清楚他的问题，我花费了大量的时间阅读他的就医记录，查看实验室的医学检测报告，查找历史文献以及目前相关的研究进展。即使如此，当我最终在一个星期五的下午对着主治医师作报告的时候，我还是觉得自己对他的病情并没有一个清晰完整的判断。虽然我没有，但主治医师已经有了判断。他很快得出结论：斯普拉特先生的肝脏及肾脏功能已明显下降，预后很差，甚至比他一开始预估的还要糟糕。

不可思议的是，就在我和主治医师会面结束的十分钟后，斯普拉特先生突发危险性极高的低血压。当时在现场负责但不太了解患者情况的实习医师立马叫主治医师前去斯普拉特先生入住的楼层。我当时恰巧就在那一层,所以目睹了事情发展的全过程。主治医师在确认斯普拉特先生情况稳定之后,便将其家人拉至一旁进行谈话。在此之前的一天,实习医师已经就临终医疗这个话题和斯普拉特先生的家人聊过了,他们当时的选择是要不惜一切代价,全力进行抢救。

记得斯普拉特先生的一个女儿当时情绪激动,烦躁不安地对着主治医师说:"我们昨天已经讨论过了,不需要现在又讨论一遍!"

"理解,完全理解,"主治医师沉着地说道,"我并不想让你因为这个话题而感到痛苦不适,但是我觉得我们有必要再好好地谈一谈。我刚刚全面地梳理了斯普拉特先生目前的情况。坦白说,他的状况非常不好,肝脏和肾脏都已开始衰竭。现在只是时间问题。如果选择不惜一切代价全力抢救,可能会在某一时刻把他从死亡线上拉回来。但是你们要明白,这并不会真的延长他的生命。"

这番话后,医生和患者家属才开始冷静、真诚地交流。斯普拉特先生的家人们最终决定不再让他接受创伤性的治疗,转而寻求临终关怀的慰藉。十分钟的交流就此改变了整个医疗团队的医治方向。治疗的目的不再是设法改变他目前的状况,而是让他在病情稳定之后能在家中安然离世。如此一来,斯普拉特先生的大限突然就被拉至眼前。他的家人们也意识到他这次是真的要走了,而且是很快就要走了。我感觉这个现实还是第一次如此清晰并直接地摆在了他们一家人的面前。

出现在一个人生命里至关重要的时刻,尤其是一个你并不亲近的人,多少都会让你有一种奇怪的感觉。这和明明你处于一个人生改变的节点而周遭世界却一如往常持续运转所带来的感觉是一样的。它们都让人感到不安。出生于英国,后来加入美国国籍的著名诗人维斯坦·休·奥登(W. H. Auden, 1907—1973)有一篇佳作《美术馆》("Musée des Beaux Arts"),恰好描述了这种别人忙于日常生活而你陷落在痛苦之中的孤独与落差。其中,我最喜欢的一句是"狗还会继续过着狗的营生"[①]。不论是那次谈话,还是谈话结束两天后斯普拉特先生的与世长辞,都让我真切地感受到那种刻骨铭心的个人悲痛与医院及其

---

① 此句的原文为"The dogs go on with their doggy life"。

周遭一切都在照常运行的脱节和共存。

一个周日的下午，我正在将斯普拉特先生的病例总结写进一位第二天即将离院的实习医师的实习档案中。我和她一起花了很长时间讨论怎么将斯普拉特先生的病历交接到新的实习医师和住院医师的手中，以及如何处理他出院回家的问题。那天早些时候，他的家人提出能否当天夜里就让他回家休息。现在的实习医师对此犹豫不决。她说她不确定斯普拉特先生的状况是否已足够稳定。我则在一旁恳求她同意这份出院请求。我这么做也并非没有私心。一方面，我希望斯普拉特先生能在家人的陪伴下离开这个世界；另一方面，我不想在他临终前自己是整个团队里唯一一个还算了解他病情的人。我们俩打了一圈的电话，看能不能有人那晚去他家提供临终关怀的服务。令人失望的是人手不够。我情绪低落地想再去他的病房看看，却发现他的家人都在里面。为了不打扰他们，我又蹑手蹑脚地退了回来，接着穿过大厅去查看一位新入住的患者。

约十五分钟后，我刚走出那位新患者的房间，就看到实习医师从斯普拉特先生的房间里走了出来。我上前问她怎么了，需不需要我帮忙。

她突然说:"他走了,你知道吗?"

我不知道!我一把抓住她的胳膊,难以置信地一再问她:"走了?哦,天啊!"

我不知道自己为什么在那一刻对这个事实感到如此难以接受。斯普拉特先生的家人此刻都聚集在大厅的一侧,实习医师朝他们走了过去。我想跟上去,但她示意我先别动。我既难过又矛盾。一方面,我特别想跟上去,想尽可能地安慰他的家人;但另一方面,我又害怕走上前去。

于是,我站在原地,一动不动。就在我等实习医师回来的时候,我突然回想起祖父在杜克医院(Duke Hospital)因出血性脑卒中离开人世的场景。我记得在我们和他作最后的道别时,一名护士给我们拿来了饮料,说人在临终时依然会有口渴的感觉。我记得当时不知出于什么原因,急救室的电话不能拨打长途电话,有一位好心人将她的手机借给了我们,使得祖父和他远在外地的儿子有了最后的通话。我记得那位年轻的神经内科的住院医师非常亲切又不无遗憾地告知我们祖父即将离世的消息。这些人,这些事,一直都存留在我的心里。尽管他们并不能真正分担我们的痛苦,但他们的关心、理解与陪伴对当时我们一家人来说意义重大。我也想对斯普拉特先生一家表达自己的哀思。我一直站在大厅，没有离开。后来，他的妻子和两个女儿和实习医师结束谈话后走了过来，我迎了上去。尽管还是有点怯懦，但我还是对斯普拉特先生的离世表达了哀悼，也表示自己有幸认识了他这样一位好人。她们含着泪点了点头，接着朝他的病房走去。

那天下午，我骑车回家。阳光耀眼，波士顿的牙买加池塘（Jamaica Pond）上泛起粼粼波光。生命，如此珍贵又稍纵即逝。斯普拉特先生的离世让我在悲伤之余又有了一丝释然。我回想起那个他头脑片刻清醒的上午，就好像他从另外一个世界缓缓醒来，想要告诉周围的人们他想要挣脱这一切的束缚。"现——在，现——在，现在，"他一字一顿地说，"医生，我想说，就是现在，我想要自由。"是的，他终于从身体的枷锁中彻底地解脱了。

如果是你

安德烈亚·达尔夫·恩德雷斯（Andrea Dalve Endres）

我们走进急诊室的那个下午，感觉里外都是人：走廊上、大厅里、候诊室里，或坐或站，到处都是人。我和另外一名实习生一开始被安排去常规查房并撰写评估报告。待我们回到前台，一名护士神色慌张地通知我们俩赶快去趟急诊室。她此时已怀孕六个月，无法亲自前去，但给我们俩一种急诊室里的状况一定非常糟糕的感觉。

一到急诊室，我的天，真是一片大乱！主治医师正在"指挥作战"，所有人都急匆匆地跑来跑去，有的在确定医疗用品的位置，有的在推拉各种监护仪，有的在给护士传达信息，等等。就在这一片忙乱之中，一个珍贵的小生命躺在急诊室的一架移动轮床上。孩子的父亲站在轮床旁挥舞着双臂，号啕大哭。他衣衫不整，浑身酒味。从远处看，整幅画面给人一种超现实的感觉。孩子的母亲稍后也到了。她一进急诊室便情绪失控。面对此情此景，我们又能苛责些什么呢？

整个医疗团队正在积极努力，试图挽救小宝贝的生命。从我们俩走进急诊室到心电监护仪停止回应，再到最终宣布医治无效，用时十五分钟。让人感觉无比漫长的十五分钟！其实，孩子在送医时已无生命体征，但是所有的医护人员还是选择了与死神奋力一拼。

听闻噩耗，孩子的父亲悲痛欲绝，他开始用力击打急诊室的大门，结果惊动了医院的保安。好在事态并没有进一步升级。这时，孩子的母亲提出来想和孩子单独待一会儿以做最后的告别。主治医师同意了，并答应给她专门找一个既安静又舒适的房间。孩子的母亲接着又问自己能不能和孩子拍一张最后的合照。或许是希望她稍后能打消这个念头，主治医师建议她先和孩子安静地待一会儿，稍晚再商讨她的第二个要求。

我在想，作为医生，当你决定对患者进行心肺复苏时，究竟要尝试多少次，坚持多久才算合适呢？或者，会不会有那么一个时间点，你明明知道一切都是徒劳，但还是想要再试一次，再来一次？又或者，你只是不想让在场的父母看到自己作为医生却想要放弃呢？当一个孩子在急诊室的时候，是不是不论什么情况都要允许他的父母也在现场？我觉得想和自己刚过世的孩子独处一段时光是一回事，但是想和孩子的遗体拍照又是另一回事。对我而言，这个举动会让我有一种不合乎常理的感觉。也许，这么做会让这位母亲觉得一切归于终结？

那天，这位母亲和自己刚去世的孩子一直待到了夜幕降临。直到我下班前，她也没有走出房间。我暗自思忖，如果她一直都不肯离开，那可怎么办呢？待多久算久呢？如果让她此时离开自己刚刚离世的孩子，是有多难呢？

记得当主治医师提起这位母亲想要和孩子的遗体合照时，我的内心五味杂陈。她的这个请求总让人感觉哪儿不对劲。主治医师还没有想好要怎么回复她。

我也不知道要怎么做才好,但我内心希望她能自己意识到这不是一个好主意,希望等她冷静下来之后,我们能劝说她打消这个念头。我想告诉她我们理应记住孩子生前而非死后的模样。

急救代码[1]

胡琼（Joan S. Hu）

一个周五的下午,我和医院里的一位高级主治医师正在讨论我最新收到的一份录取通知书。就在此时,他收到一条简讯。他瞄了一眼,然后转身对我说:"哦,不好,你的患者现在在急诊室,刚刚进去。"

我的患者?!是的,一位我们刚才还在讨论鉴别

---

[1] 急救代码（code status）,即患者的急救方式,这是美国医院在收治患者时会询问患者或其家属的内容。当患者呼吸或心跳停止时,医护人员会根据之前患者或其家属选择的"急救代码"启动相应的急救程序。最常见的问题是是否接受诸如电击、插管等方式。"急救代码"有明确的分级和细则说明。

诊断结果的患者。这位患者的家属之前和治疗团队明确说过如果出现心脏骤停的情况，他们坚决不接受插管或心肺复苏。现在看，他们应该是突然改变了主意。

这位患者来自约旦，今年七十三岁，入院时整个人憔悴虚弱且病因不明。我每次出入他的病房，他都会很客气地说"医生，你好！"或"医生，真是特别谢谢你！"。其实，我还算不上是一名真正的医生。我想他对此也很清楚。他病因不明的主要原因是他入院时有一些类似肺炎的症状，体重大幅下降且因肺气肿伴有一定的呼吸困难。入院后，我们发现他的左肺有大量的积液。问题是这些积液究竟是一种感染反应还是恶性肿瘤的表现？是肺炎还是癌症？放射科的医生和住院医师们在反复讨论之后还是没有定论。后来在积液检测完成后，答案仍旧不明。于是，治疗团队决定对他的肺部组织直接进行活检。

在此之前的某天早上，我们查房时发现他的血氧饱和度一夜之间降到了百分之八十多。他黝黑的皮肤紧贴着筋骨，好似紧紧包裹着一个生命气息微弱的灵魂。主治医师私下对我和住院医师说："看情况极有可能是癌。如果他今晚过不去，说实话，我不会觉得意外。"我当时听到这句话还是很诧异。

看着主治医师笃定又悲悯的眼神，我心里不禁自问：他是怎么知道的呢？为什么他的判断往往都是对的呢？我什么时候才能有这样的判断？后来，当我走进这位患者位于长廊尽头的病房，看到急诊室的医护人员和本科室普通的住院医师、资深的住院医师、主治医师以及这一层几乎所有的护士——加起来差不多有二十个人——齐刷刷地站在里面，我才真正明白主治医师的判断是多么有先见之明。

我也是后来才得知这位患者是在突然间没有了气息和脉搏。所以他的家人在无法相信的慌乱之中彻底更改了之前填写的"急救代码"——从彻底不进行创伤性干预转变为全面干预。患者在送进急诊室时已神志不清，病床四周布满了输液管、输液加压袋和监护仪，两侧各站了四名医护人员。只听主管急诊室的资深住院医师站在床尾喊道："有没有人确认一下股动脉和颈动脉的搏动情况？……血小板功能分析的数值是多少？……"

此时，患者的两个已成年的儿子站在床头，双眼通红，不知所措。

患者的妻子则包裹着传统的穆斯林头巾坐在急诊

室的一个角落里。这是我第二次见到她。她两眼空洞地看着病床上的丈夫，一看见他的身体在电击作用下被震动抬起，她便低下头，揉搓着双手，抱住双膝，伤心地哭了。

狭小的急诊室好像是第一次如此拥挤。我在她身旁找了把椅子坐下来，伸出双手轻轻地握紧了她的双手，告诉她一切都会好起来的。我想，即使是在最严苛的穆斯林传统中，一名女性握紧另一名女性的手应该也是被允许的。我感觉那是我唯一能做的。之后，我又给她拿了盒纸巾。除此之外，我还能做些什么呢？急诊室里的其他人都在为抢救她的丈夫而忙前忙后。

成功了！医生们的努力成功了！经过两轮的心律调整和血管加压药物的使用，他终于有了微弱的脉搏和可测量的血压数值。医疗团队决定将患者送至重症监护室以期在最好的医疗护理下确保他万无一失。

医疗团队将他的家人带到了重症监护室旁的等候区。关起门后，我们一起就患者"急救代码"的临时更换进行了讨论。我的老师们以一种动之以情、晓之以理的谈话方式，态度和缓地提出了问题："我们想了解一下，你们为什么突然更改了'急救代码'？这中间是有什么事情发生吗？"

他们接下来的回答让我们稍有错愕。他的一个儿子说："根据我们的信仰，万物皆生死有时。我们呼吸的每一口气都是安拉给我们的。我们相信你们就是安拉派来的天使，你们所做的工作就是安拉的工作。是安拉赋予了你们让我的父亲起死回生的力量。是安拉的应许，你们才发明创造出这么多现代化的医疗设备。所有这一切无不在彰显他的荣耀和奇妙！我们的安拉和你们的神一样。所以，我们得明白，在用尽一切资源和手段之前，在我们知晓安拉对我父亲的安排之前，我们都不能放弃他。"

他的这番话顿时让我们哑口无言。突然间，"救还是不救"——这个现代医学的巨大悖论就出现在了我们面前。主治医师和初级住院医师态度温和地一再强调，如今大多数人都不会为自己的所爱之人选择这种具有创伤性的急救方式，因为它只会让住在重症监护室里的人在机器的围绕中痛苦且煎熬地离开人世。对他们而言，这种方式就意味着他们的父亲不会一如他们最初期望的那样在家中安然辞世。我的老师们进一步解释说，其实他们的父亲刚才已经死亡，目前只是通过电击和药物暂时将他从死亡线上拉了回来，而这种情况实际上难以为继。他们很快就不得不面对一个残酷的现实，即医生再做什么都将徒劳无益。这样一来，他们的父亲原本在人世间最后能够拥有的平静与安宁将被机器的嗡鸣作响与孤身一人在重症监护室里的煎熬取代了。当然，在场的每一个人都知道最终的决定权在家属手中。

他们还是坚持要不惜一切代价，哪怕结局不过是昙花一现。他们说就是要等待"奇迹"，等待我们这些安拉派来的天使创造"奇迹"。

讨论顿时陷入了一种僵持的尴尬。就在此时，负责重症监护室的医生敲响了大门。他走进来轻轻拍了一下患者妻子的手臂，说："特别特别抱歉，您的丈夫刚刚过世了。"

讨论戛然而止。我们重新走进重症监护室，和患者的家人一起为患者做最后的道别。由于患者家属拒绝病理解剖，我们最终也没能确定"杀死"他的"凶手"究竟是谁。重症监护室的医生最后从他的心脏周围抽出了六百毫升的心包积液。可惜，这些液体后来也在一片混乱之中被丢弃了。再也不可能抓住"真凶"了。

对我来说，"急救代码"有着多层意涵。它意味着恐怖与困惑，惧怕与悲伤，无助与希望。直到今天，一想起他们全家人对我们能够创造奇迹的那份确信，我还是会觉得不可思议。无论他们是出于何等的绝望而祈求奇迹的诞生，无论他们的祈求是多么地远离实际，我都觉得自己见证了他们对安拉及其指引的真切寻求。我想能够体尝和分担他人的痛苦就是让我们学会如何理解他人，抚慰他人。这一切，我必将铭记于心。

医学的核心

安妮玛丽·斯特劳斯楚普·史密斯(Annemarie Stroustrup Smith)

我第一次见到简·布朗(Jan Brown)是在她再次住院期间。那是她做完结直肠手术一年后的首次入院。一年前,主刀的主治外科医生原本计划直接切除生长在她小肠内的一块肿瘤。但不幸的是,大家在手术过程中清楚地发现这块肿瘤已生长得根深蒂固,盘根错节:它一路黏着至她的脊椎,在肠道上粘连附着,形成了一个由肿瘤和重要脏器组成的复杂扭曲的大肿块。所以,当简在术后清醒过来时才发现这并非自己最后一次进手术室。她被告知尽管部分肿瘤已被切除，但仍有相当一部分不得不留在体内。这也就意味着留下来的肿瘤几乎不可避免地会卷土重来。

医生当时告诉简留给她的时间不多了，大概半年或一年。她说："不，我会证明你们的判断是错的。"

简今年五十二岁，有两个未成年的儿子。就在她这次入院前的那个周末，她和丈夫刚刚把大儿子送去大学。她在那个周末已明显感到胀气和恶心。到周一晚上，她开始每隔几个小时便呕吐一次。周二，因过于难受开始不吃不喝，且持续呕吐。周三，她按预约时间见到了肿瘤科的医生。之后不久，她便被安排入院。这也是为什么我会在九月初一个下雨的周三晚上大约六点钟的时候见到了她本人。

史密斯博士领导的团队接手负责简的治疗。作为一名医学院三年级的学生，我当时是团队里最年轻的一员，主要负责查看患者伤口和处理文书。但是在简住院的那天晚上，我被叫去为她做病史记录和各项身体检查。因为她不是从急诊室入院的，所以这些基本的信息和数据尚未采集。

那天晚上，我一直忙着考虑我要怎么做才能让她感觉更舒服一些。我先将一根管子插入她的一个鼻孔,穿过她的喉咙直通至胃,意图将引发她剧烈呕吐的积液一一吸出。后来,我发现简更需要的是情感支持。她自确诊以来已经和疾病坚持斗争了整整一年多。时至今日,她都不大情愿接受自己重病缠身的事实。她对我说,自己还这么年轻,怎么就会得上无法根除的肿瘤。她求生欲望强烈,根本无法接受生命垂危的现实。她谈起自己对未知的恐惧,也提及她的"离开"会对整个家庭造成的巨大影响。她告诉我想要接受更多的化疗。可问题是,到了这一步,特别是前两次最有希望的治疗方案均宣告失败之后,化疗早已不再是最可取的治疗手段。我们俩又说起她要如何和自己的丈夫,和自己昔日的恋人聊这件事。我们俩谈起她的小儿子,谈起他小小年纪就不得不面对失去母亲陪伴的残酷事实。

第二天一早,我打电话给丹娜-法伯癌症研究所[①]的安宁疗护精神科的医生进行咨询。简在心理上显然需要专业人士在一段相对较长的时间内的专业支持。接下来的一周,我大都一直陪着她进出手术室。

---

① 丹娜—法伯癌症研究所(Dana-Farber Cancer Institute)是一家位于美国波士顿的综合性癌症治疗与研究机构,也是哈佛医学院十五个临床附属机构和研究机构之一。

最新一次的手术又失败了。住院医师告诉我和简的丈夫她的生命至多再能维持几个月。

出院那天,简身体上的痛苦已有所缓解,但心理上的压力依旧巨大。她已经顽强地和癌症抗争了一年多,但过去的一周让她明确地认识到留给自己的时间不多了。

面对我们这些将残酷的现实摆在她面前的人,她并没有怀恨在心。相反,令人颇感意外的是,她在离开时给了我们每一个人大大的拥抱和一大束怒放的鲜花。我想这种能让一个焦虑的灵魂在得知身体已无从治愈的情况下重获安宁的能力才是医学的真正核心。

第四章

探寻更好的方法

教育不能只是简单地教人们如何工作，它应该教人们如何生活。

——威廉·爱德华·伯格哈特·杜波依斯[1]

黑色的诊疗包

库尔特·史密斯（Kurt Smith）

记得有一名医学院的学生向一位医疗器械推销员咨询过有关黑色诊疗包的问题。

"哦，已经没人再买那些东西了，"她立马回道，"如今你再拿着这样的诊疗包就是给自己贴标签，你明白我的意思吗？"

说实话，我不确定自己是不是真明白她的意思。

---

[1] 威廉·爱德华·伯格哈特·杜波依斯（W. E. B. Du Bois, 1868—1963）是美国社会学家、历史学家、教育家和泛非主义的倡导者。

她的回答让我觉得黑色诊疗包不是过时了就是给人一种自以为是的感觉。总之,拿着它不会给人一种诚实可靠的感觉。时至今日,除了那些每年额外多收两千美元的"特约诊疗",曾经大肆宣扬的"上门诊疗"也已经很少有人提了。我相信在行医过程中,一些优秀的医生依然会提供上门看诊的服务,但是已经没有人为这种模式大做广告了。我想一方面是因为医院里的工作本就十分繁忙,另一方面也是由于医生不想卷入法律纠纷,譬如:患者在家如何能做胸部的X光检查或腹部的CT扫描?与此同时,医学的专业分工已极度细化,你能想象一名放射科的专家去上门看诊吗?还有肾病专家,他上门又能做些什么呢?难道是去尝患者的尿液吗?

就美国的医疗体系来说,最基层的保健医生或家庭医生原则上可以上门看诊。但事实上,他们往往工作繁忙,人手不够。你要知道不论是个人还是个人养的宠物都需要先经过基层家庭医生的诊断才能拿到转诊单去预约专科医生。于是,家庭医生们往往需要填写大量的文书档案才能获得保险公司或行业管理机构支付的报酬。文书工作也因此成为他们让患者有机会转诊至专科医生那里的主要工作。除此之外,没有保险公司愿意支付家庭医生上门服务所产生的治疗费用。其中有着一系列的问题，譬如：保险公司如何确保上门看诊的医生据实计算了自己的出诊时间？谁来报销来回的交通费用？有什么确实有效的证据能够说明医生上门看诊的好处？即使有，有没有人进行建模分析以验证和说明其中的成本效益？这些都是支付医生"上门诊疗"费用的权力机构想要明确知道答案的问题。如果没有支付体系，怎么会有上门诊疗的具体服务呢？如果一切都是免费的，那岂不是不论是否真的需要，人人都会提出上门诊疗的要求？

况且，就"上门诊疗"的必要性而言，我也并不十分确定。举例来说，如果一名患者患有上呼吸道感染，那么在没有X光拍片检查确认的情况下，他其实很难完全相信诊断结果，很有可能拒绝服用医生开出的抗生素类药物。同理，在没有进行胸部直立X光检查之前，有谁会相信自己一定得了大叶性肺炎？说实话，今天选择"上门诊疗"的人其实只是想通过"上门"这个环节和你一个花费四年时间、十五万美金接受了医学教育的人确定一下，自己是不是真有必要去趟医院见见"真正的"医生，还是说目前的问题不大，等等也就过去了。然而很多时候，尽管你告诉对方没有必要去趟医院，他们大抵最后还是会选择去一趟。

有人认为我们今天对医学的理解只是比以往多了那么一点点。在某种层面上，这种理解并没有错。如果我们去询问不同领域的专科医生，问他们如何评价基层家庭医生对其专长领域的了解程度，他们大抵都会滔滔不绝地和你抱怨上五分钟。这也是我们需要进入某一个专业领域精耕细作的原因。我们需要了解过去千年以来累积的各项知识，以为患者提供最好的诊断和治疗。与此同时，我想知道在某一个类别或某一个领域研发的药物究竟治愈了多少人。在我看来，尽管在二十世纪抗生素和疫苗得到大力开发，但我们仍然处于一个诊断方式不断进步而治愈疾病的能力并没有显著发展的世纪。所以，无论你是在患者家中通过对方身体左侧的虚弱无力和一些痴呆反应判断他患有中风，还是在一家普通医院借助核磁共振成像和血液灌注研究确定对方是右侧大脑中动脉闭塞引发的中风，对这个躺在病床上的患者来说，他所面对的现实都是一样的。同时，我们告诉一位患者他患的是常染色体显性多囊肾病的确会减轻对方因病因不明而引发的心理恐惧，但并不会真的改善他的生活。

我们对自己锁定病因的能力也有一种盲目的自

信,甚至开始省略人体解剖这一步。目前,对患者遗体进行解剖的比例在大多数的医学教育机构已下降至10%左右,而能够进行的大多数解剖也是基于法医的要求。造成这种情况的一个主要原因是医生不会主动征求患者家属的同意进行解剖,而医生这么做的主要原因则在于他们通常认为依据诸如拍片成像和生物检测等现代医学诊断手段足以做出正确可靠的诊断。如此一来,他们认为遗体解剖这个对所爱之人而言过于"残酷"的操作步骤既不会增长医学知识,也不会增加对死因的了解,只会徒增逝者家人的情感创伤。事实上,尽管过去五十年我们有了CT、核磁共振、酶联免疫吸附试验和其他一系列先进的现代医学的诊断技术与设备,但是解剖表明误诊率并没有太大的变化,重大医学诊断失误的比例依旧在20%到30%之间。诚然,我们的诊断手段越来越多,越来越先进,但是我们需要认识到人体在各个层面上都极其复杂。至少对我来说,我不相信我们的诊断手段已经完全转化为了有效的治疗。

约翰斯·霍普金斯大学(Johns Hopkins University)的创始人之一、知名的医学教授及文学家威廉·亨利·奥斯勒爵士[1]就是在英国自己家庭医生的手中去世的。奥斯勒爵士除了写作、教学和救死扶伤之外，还在记录自己诊疗过程的同时详尽地记录了每一位患者的具体症状。在每一份病历的最后，无论患者是否成功治愈，奥斯勒爵士都会依据诊断正确与否分门别类，以此总结经验，吸取教训。可惜如今，已经没有人愿意这样做了。万一你的"错误"诊断落入心术不正的律师手中怎么办？与此同时，很少有医生可以做到面对自己有可能的"误诊"，甚至"漏诊"而不背负巨大的责任感和负罪感。我个人猜测奥斯勒爵士也会有同样的负罪感。只是从他生活的时代到我们生活的时代，人们越来越陷入一种虚假的想象，即医生一定会治愈患者，即使偶尔没有做到也是因为病情的发展超出了他们的能力范围。尽管有大量的病例证明事实并非如此，然而我们（更糟糕的是，我们的患者），依然坚信可以欺骗死神，避免疾病、痛苦和悲伤，阻止悲剧的发生。

---

[1] 威廉·亨利·奥斯勒爵士（Sir William Henry Osler, 1849—1919）是一名加拿大医生，他是第一位倡导医学院的学生走出教室进行临床实习培训的知名教授，被誉为现代医学之父。与此同时，他兴趣广泛，也是收藏家、历史学家和作家。

奥斯勒爵士在临终前告诉自己的家庭医生希望死后进行尸体解剖以确定病因，并将自己作为"最后一课"贡献给其他的医者。依据当时的传统，他要求解剖由平日里照顾他的医生来完成。后来，奥斯勒爵士的家庭医生回忆时谈到了自己因解剖这样一位名人而背负的巨大压力，尤其是生怕发现自己在诊疗过程中出现过误判。不过，后来解剖结果证实了他对病因的判断完全正确，即奥斯勒爵士因支气管炎病故。今天，在法律纠纷的威胁之下，大多数的医生都会尽量避免误诊。我们究竟是从什么时候开始停止从错误中吸取教训，而将这种学习更新的机会交给了病理医生[①]呢？

在医学领域，信心似乎特别重要。记得之前曾经有人对我说："即使你觉得自己没有那么好，至少也要让别人看起来你足够好！"我一直以为自己遇到的儿科医生或家庭医生使用检眼镜检查我的眼睛时一定看到了什么。然而经过几个月在急诊科和普外科的实习之后，我可以说任何医生如果检查你的眼睛不超过十秒钟，那么他什么也不会看到。再比如，当我两

[①] 病理医生不直接面对患者，但是疾病的最终诊断者，是临床医生最好的咨询者和合作者。

岁左右的儿子在儿科医生那儿一会儿摇头晃脑，一会儿眯眼，一会儿拍打医生的胳膊，那么当她检测孩子的眼睛不足一秒就说"没问题"时，我敢说她的诊断完全是出于自信。事实上，没有人会喜欢一个看上去犹疑不决的医生。我敢打赌，像奥斯勒爵士这样的名医，在给自己的患者做出诊断时，一定是一副气定神闲、胸有成竹的样子。他会让患者感觉到他是在深思熟虑之后就对方的病情、病因、治疗方案和预后情况给出了答案。即使如此，请不要忘记他也有误判的时候！那么，在这种有可能的失误阴影下，一位医生如何才能保持自信呢？诚然，我可能并没有很在意儿科医生对孩子眼球的诊断信息，但如果她直白地告诉我她其实并没有真的看到多少东西，我反而会感到心烦意乱。这也就是说，医生展现出来的某种仪式感和自信心，不论它真实的作用究竟有多少，都会带给人一种安全感和宽慰感。

这种自信心的展示的确有着非常好的效果。总体而言，一名自信的医学院的学生要比那些承认自己对疾病的认识还很不足的学生更能赢得患者的信任。但是，如果我作为一名医生，内心真的没底，那就有些麻烦了。换句话说，我会假装自己信心满满。但是，如果我依然大胆前行，追随他人的脚步，一方面给人一种知识渊博的感觉，另一方面积极努力地不断学习，将理论与实践充分结合，我相信总有一天我会散发出如同奥斯勒爵士那样的气质，即一种由内而外散发在一身白大褂之外的自信。

然而，问题是当我们每天都在重申我们的所知相当有限时，我们的自信从何而来呢？人们经常会揶揄家庭医生想要包治百病，而我们大多数人终其一生，最后却不得不面对个人所识极其有限的窘境。那么医生最后面临的选择并不是患者，而只是某一些疾病。我不知道在我临终时会是谁握着我的手。我想应该不会是每次看病不超过五分钟的家庭医生，内分泌科的医生不会在意我的手，骨科医生不会接触软组织，皮肤科医生也不会有时间陪伴垂死之人。或许，最后，还是病理学家握住了我的手，尽管那时"握或不握"对我来说已毫无意义。

重症监护室里的心音

乔·莱特(Joe Wright)

我平生第一次走进重症监护室（ICU）是在修读一门生理学课程的时候。当时，作为课程的一部分，我们需要在重症监护室通过了解机械通气的运作过程来进一步掌握呼吸的生理学原理。我们一行人去了学校附近的一家医院，在一位医生的带领下走进了重症监护区。在监护区的每一间病房里都躺着一位已经或者几近昏迷不醒的患者。他们的口鼻处插满了管子。整个病区唯有医疗器械运转的嗡嗡声和警报器的哔哔声。除此之外，一片安静。

我们跟随带队的医生走进了其中的一间病房。他俯身叫了声患者的名字和她打招呼，接着说："你好，我今天带了一些学生过来，我们会在这儿待一会儿，讲讲设备。"他将手轻按在患者的肩膀上，对我们解释说尽管患者服用了镇静剂，但依然会听到我们谈话的部分或全部内容，也会知晓周围正在发生的事情，所以有必要给对方一个简短的说明或介绍。

他随后开始给我们讲解呼吸以及呼吸机的生理学原理，解说患者目前身体内外插着的各种监视器。他指着监视器的屏幕，让我们直接观察他刚刚讲述的各项内容。眼前的一切让我一时有些接受不了。我身旁的另一位朋友更是感到胸闷头晕，不得不走出监护病房，大口地呼气。原来是要站在这里看肺楔压[①]吗？实在是意料之外！看着房间里摆放的一张全家福，我突然想如果患者的家属看到重症监护室里的这一幕，不知会作何感想。

一年多后，我又因为另一门课的选修内容走进了另一家医院的重症监护区。当时我们跟着一位住院医师穿过走廊去探访一些在他们身上有重大医学发现的

---

① 肺楔压即肺动脉楔压（Pulmonary Artery Wedge Pressure, PAWP），也称作肺部毛细血管楔压，是临床医学上进行血流动力学监测时最常用也最重要的一项监测指标。

患者。对学医的人来说,他们都属于不能错过的学习对象。我们从一间病房到另一间病房,摸摸这位患者肿胀凸起的肝脏,看看那位患者杵状的指甲,或是听听某个患者的心脏律动。

后来,我们被专门带去听一位男士的心音。他躺在监护室的病床上昏迷不醒,全身插满各种连接着机器的管子。他的病房内也摆放着他和家人的照片。刚才我们进来时,住院医师有和他打招呼吗?希望有吧。我因为晚到了一会儿所以不大确定是不是有这个步骤。不过,当我们一个个把听诊器按压在他的胸口时,并没有人和他打招呼。

我一开始根本听不到他的心音。耳朵里全是机器推送空气进入肺部时产生的噪声。后来,有位同学提醒我说要看监视器。原来,如果想要在推送空气的背景声中听到心跳声,就必须借助监视器上的动态图像。也就是说,代表红色心脏的小图标在监示器上会随着心脏的跳动而一闪一闪,伴随而来的心音自然就会被捕捉到了。我果真就在看到监示器上图标跃动的瞬间听到了来自心脏的声音:一阵清晰的"咚咚""咚咚""咚咚"的声音。我将这个"小窍门"告知了另外一位同学。当她把听诊器按压在患者的胸口处时，不一会儿就面露喜色。看来，她也听到了。

当我们准备依次离开房间时，我听见有位同学对着患者说了声："谢谢！"我一时自责怎么什么话也没和对方讲。也就是在那一刻，我突然发现重症监护室在我心里已不再那么特殊。换句话说，它曾经带给我的在精神上或医学伦理上的负重感没有了。如今，它就是一个患者必须连接机器才能生存的地方，一个我将听诊器按压到一位不省人事的患者身上的地方，一个没有开场白、没有自我介绍、没有人际互动的地方。他躺着，我站着，仅此而已。我在寻找他的心音，而我的视线却必须离开他的身体转移到监视器上，因为唯有如此，我才能听到他心脏跳动的"咚咚"声。

重　塑

穆罕默德·明哈吉·西迪基（Mohummad Minhaj Siddiqui）

如果真有人们常说的人生发生转变的重大阶段，那对我来说大三这一年绝对符合标准。记得在大二结束大三开始前，有一位主治医师对着我们一群医学院的学生说："如果就此止步，你们至多算是接受过高等教育的人，只有读完了大三你们才能说自己更像是一名医生，因为你们眼中的世界将在大三结束时发生改变。到时，哪怕如同以往一样在波士顿搭乘公共交通工具，你们都有可能在看到某些人之后就径直地走上前去，对他们说：'你好，打扰一下，你不认识我，但我想提醒一下你最好去趟医院做个检查，看一看脖子上的肿块。'"

现在是我入读医学院大三学年的第五个星期，不得不说之前听到的这番话是多么中肯！

今天，我走在路上的时候看到了一个无家可归的流浪汉。他坐在几个装有东西的塑料袋中间，抽着烟，眼睛盯着地面，喃喃自语。整个人身形消瘦且太阳穴深陷。我只看了他一眼，脑海里顿时闪现出好几个之前遇到过的患者，也忍不住开始想他的身体可能会有什么样的问题。我甚至在脑海中虚构起他的病史：男，48岁，按1天1包的吸烟量计算已有50年的吸烟史，目前患有肺气肿和由严重血管疾病引发的多发梗死性痴呆（multi-infarct dementia）；或者是，男，52岁，按1天1包的吸烟量计算已有80年的吸烟史，目前因肺癌引起体重的大幅下降。

我接着往前走，又看到了一位拄着拐杖，正在颤颤巍巍过马路的老太太。她有些肥胖，喘着粗气，神情紧张。她那双从鞋里几乎要溢出来的肿大双脚一下子就吸引了我的注意力。我开始勾画她的病史：女，85岁，呼吸急促，肺部有杂音，患有充血性心力衰竭及双下肢可凹陷性水肿（程度3+）。针对她的这种情况，我想使用一点呋塞米①应该会有所帮助。

当然，不能说我的医学知识在大三这一年伊始的五周之内突然间呈现出井喷式的增长。相反，我觉得是我的思维习惯和思维过程发生了本质性的改变。我被重塑了。我开始将过去两年累积的医学知识与周围的世界联系起来。换言之，我正在从一名接受高等教育的医学院的学生转变为一名关爱他人身体健康的医生。几个月前，即使遇到同样的人，我可能只会想：哦，他是个流浪汉或者她是位老奶奶。只是与现在自顾自地在头脑中加以想象不同的是，我期待自己在未来的一年、两年甚至六年后可以运用所学的知识，真实有效地帮助到他人。

---

① 呋塞米（Furosemide）是一种广泛应用于治疗充血性心力衰竭和水肿的药品。

位　置

安东尼娅·乔斯林·亨利（Antonia Jocelyn Henry）

过去五周，我一直在手术室实习却从未遇到过一位非洲裔的外科医生。每次走在两侧无窗的走廊，与戴着医用口罩、全副武装的医护人员擦肩而过的时候，我总会有一种时间消失的错觉，就好像消失的不是几个小时而是好几年。我之前有听过一些成功的非洲裔外科医生的名字。但是，不知道为什么这一点在我实习期间反而变得模糊起来。过去五周里，我在医院里看到的非洲裔面孔不是清洁工就是护工。工种划分的藩篱一如这无尽的白日，明显得晃眼。不论是在医院大厅还是走廊上，我遇到的每一位从事低技术含量工作的非洲裔或拉丁裔的工友从来都不会像人们印象中的那样热情友好地与我打招呼。也许是因为他们默认我已骄傲到不再想和他们有任何的交集；也许是因为我身上的这件白大褂将我们彼此严格地划分成了两个世界；又或者是因为每当我面对新环境时，内心的怯懦与不知所措不由得给人一种生硬死板、不易接近的感觉。总之，不管是出于什么原因，我在他们——我的同胞们——身上感受到的那种"孤立无援"对于我在这个新的环境中战胜自己的不安全感毫无帮助。

一进手术室，一个人的眼睛真就成了他心灵的窗户。站在手术台四周的外科医生、住院医师和其他医护人员个个从头到脚都被天蓝色和绿色的工作服包裹得严严实实。头套、透明的塑料眼罩、口罩、手套和长袍将大家一一遮挡。身体语言此时变得困难且不易解读。除了轻微的声调变化，你没法从大家平淡、客观、毫无感情的声音里听出些什么。这个时候，眼睛表达着一切。旋转的眼球、冷峻的眼神传达出所有的讯息。它会告诉你，"好的，站那儿先别动，不要影响外科医生的操作"，或是"来，将戴着医用手套的双手小心地放在无菌单上"，又或是"千万小心，可别污染了无菌区"，等等。尽管在手术室里，我可能是唯一花了学费站在那儿的，但是我感觉自己好多余。

有时候，个人情绪的流露是眼睛想藏也藏不住的。在手术室里工作的大都是白人女性。对我一个非洲裔的女学生，她们那种吆五喝六、高人一等的感觉还是会有意无意地表现出来。一想到自己不过是前来实习的匆匆过客，我很多时候都能一笑置之。也许，过上几年等我正式成为一名外科医生的时候，我也会有意无意地提醒她们不要忘了自己身为护士的位置。职场环境中这种上下有别的"不友好"或者"瞧不起"也许会一直存在。此刻，我只能假想她们能意识到有朝一日当我成为一名主刀医生时可能会因为她们递错了一个手术夹而口出责备。我暗想着她们会因为这个"有朝一日"而稍有顾忌。其实，我压根不想成为一名不懂得尊重他人的外科医生。面对她们的轻视与嘲讽，我大都默不作声，因为我明白直接顶回去或者发生争执只会让我后面的轮转实习更加困难。

外科医生或其他的主治医师偶尔会在手术过程中突然点名问我们这些实习生问题。我往往在手术一开始的时候还能准确作答，可是随着手术的持续推进，我对很多问题的答案都开始不大确定。我一紧张就体温上升，连说话都有些词不达意。紧接着，我就知道我已经跟不上他们的节奏了。每当他们之间开始问"你猜我是怎么想的"时，我仅有的那点自信就会被碾轧得粉碎。我开始怀疑自己是不是他们遇到过的最差的实习生，是不是我前两年的书都白读了。这个时候，我只想在小小的口罩后面赶紧隐藏起来。

在这条学医的道路上，我得到的每一份支持都弥足珍贵。我的家人在这段时间给予了我无尽的鼓励与爱。我也试图从同是非洲裔的学生那里获得理解和支持，因为我们面对的"战斗"几乎是一样的。在生活浪潮的拍打中，我们试图彼此依靠，共渡难关。

我上周过得特别辛苦。在学习如何进行手术麻醉的环节，我深陷自我怀疑的泥潭，发现自己没法通过插管或手部扎针来挽救自己或他人的生命。我参加完第一阶段的资质考试也已经两个月了。尽管我还在等最后的分数，但内心一直觉得这次肯定是过不去了。我不由得质疑起自己是否真有能力实现成为一名医生的梦想。面对生活的一地鸡毛，我的心正在逐渐地往下沉。没想到的是，我竟然又很快地得救了。那是一个周五的早晨，我遇到了一位来这家医院进修的非洲裔骨科女医生。当她发现我在她来之前就已经开始参与骨科手术之后,便邀请我参加她主持的一台手术。那天下午,我又参与了一台由一位非洲裔的血管外科男医生主持的手术。他走进手术室后并没有问我的名字(医学院的实习生一般都不会在手术室里说话,除非是被点名回答问题),但他在手术过程中还是有意地维护了我。当麻醉师无情地考问我关于围手术期更换血液制品的问题时,血管外科医生那低沉的声音穿越监护仪的滴滴声。他问道:"查尔斯·德鲁做什么的?"查尔斯就是刚才负责输血的一名非洲裔的医生。尽管他并没有提及我,但在场的每一个人都明白他在为我发声。

还是那一天,我回到家后发现我第一阶段的资质考试竟然通过了!

这一定是老天爷的奇妙恩典!这一天的经历真可谓雪中送炭!我知道未来两年的学习和实习不仅与我学医的热忱有关,更与我面对环境变化时坚韧不拔的意志和自我更新的力量息息相关。这一天让我豁然开朗,让我明白自己需要继续前行,在医学领域找到自己的位置。

身 份

亚历克斯·林（Alex Lam）

正在讲课的放射科医生年纪已长，属于那种老派的"全知全能"型的医生。他身穿一件蓝色的西装外套，搭配一条红色领带，整个人散发出一种无论他讲什么你都会听信和认可的权威与自信。他临床经验丰富，全然就是我们努力想要成为的样子。我听得非常仔细，意图理解他经由几十年的从业经历而获取的渊博知识中哪怕非常微小的一部分。

我们在医院的一间小会议室里听课。德高望重的他就坐在前排的一把椅子上，对着我们十二名医学院的学生侃侃而谈。当他慢慢地从椅子上站起来的时候，我们清楚地听到从他的膝盖处突然迸发出的"咔嚓、咔嚓"的抗议声。他身形高大，嗓音既干涩又粗哑。

"放射学，嗯，不好学，"他说，"初看片子的时候，往往会感觉怎么看上去都差不多。这种'差不多'可能就和……就和你初次看到中国人时的感觉是一样的。你可能会问：怎么长得都一模一样呢？……直到有一天你认识了一位中国人，你才能慢慢开始分辨出他们之间的差别。"

"中国人"三个字一下就让我整个人蒙住了。他之后又讲了些什么，我一句也没听进去。我身边的同学们都尴尬地笑了笑。大家丈二和尚摸不着头脑地看了看彼此，怎么还会有人这样说话、如此举例呢？实在是太匪夷所思了！的确，作为哈佛大学历史上学生来源最丰富的一个班，我们早已习惯了多元文化的氛围，甚至会觉得这一切都是理所应当的。而他刚才的这句比喻就像是猛地抽了"多元文化"一记耳光。问题不仅在于他这样表达了，更在于他这样表达时完全不自知，甚至没有半点迟疑。

我心里很不舒服，一下子就回想起小时候在华盛顿州东部哥伦比亚河旁的一个小镇上长大的情景。那时候，我经常听到有人用侮辱性的词语来贬低中国人。更让我恼火的是，他们还会冲着我来一句："反正，我的意思是你也算不上什么真正的中国人。"

熟悉的滋味一下子涌上了心头。记得有一天在当地一家杂货店的后面，一群身强体壮、头戴宽檐帽、脚蹬长靴、身穿法兰绒上衣的"牛仔"站在小巷的一侧，身后是一排配有KC①拉力大灯、挡泥板、空枪架，车身结满干泥块的大货车。而在小巷的另一侧站着两个黑人小孩，几个墨西哥人，一个半黑半白的小孩，几个亚洲人和拼命想要融入的我——一个混血的亚裔美国人。怎么说呢，我曾被误认为是意大利人、地中海周边的什么人、波多黎各人、美洲原住民、夏威夷人、爱斯基摩人等，唯独不是中国人。那天，我们两派人正准备干架。这个时候，肤色什么的一点也不重要，重要的是你和对面那帮人不一样。事情的起因很简单，就是那帮牛仔里的一个男生喜欢上了某个女生，而这个女生却又喜欢我们当中的某个男生，结果那个牛仔男孩直呼另一个男孩是"黑鬼"。

这种滋味就是我在游轮上认识了一位新朋友，当

---

① KC是KC HiLiTES的简称，是美国越野车灯的知名品牌。

他把我介绍给他的祖母时,她问我:"你在船上是做什么工作的?"这种滋味就是无论我做什么,怎么做,我女朋友信仰摩门教的父母却始终都瞧不上我的那种压抑和难受。我知道这是一场无论我怎么打都注定打不赢的战斗。

我因此有段时间总是一腔怒火,时不时地就会爆发一次。我想要抗争,想要嘶吼。我总会盲目地与身边肯定存在的无形的不公平来回地撕扯。我会在意别人的表达,也会把别人太当回事。为了和周围人没有区别,我甚至一度拒绝使用筷子。我冲着爸爸抱怨说:"还是叉子用起来更顺手!"我当时根本不会考虑这句话有多伤人。

可是渐渐地,我又走向了另一个极端。一听到别人没有直接明显地说亚洲人的好话,我就会觉得被冒犯。妈妈常劝我说:"你别放在心上,那就是句玩笑。你越在意,别人可能反而越想这么做。"可惜,她的劝慰对那时的我来说根本没有什么效果。我心想:她一个白人怎么能明白"我"的感受呢?

爸爸看问题的角度我也不认可。他总会说:"看见了吧,别人歧视你就是因为你是中国人。有些人一看到你的名字拼写就会立马不喜欢你的,这和你做什么根本没有关系。"唉，他也没法理解我。我告诉自己他俩不是我，而我也不是他俩。

后来不知道从哪一天起，我突然发现自己的"身份"其实是一份难得的人生礼物。因为我的"不一样"，所以我得以进入不同的群体，并从中获得了一种更深入的认识。人们会接纳我略显"神秘"的混杂身份，并将我视作他们中的一分子，不论那究竟意味着什么。我听到了白人之间才会说的"悄悄话"，也听到了少数族裔只有和自己人在一起时才会表达的观点。这个过程让我学会了以一种更开放也更宽容的态度去理解和欣赏不同的观点，并让我有意挖掘和梳理形成这些观点的深层次的原因。当然，要达到这种认知程度绝非易事。

此刻，我坐在会议室里，依旧觉得难以置信。我也在反思他的言语在我的内心究竟引起的是什么样的波澜。我是不是应该立马站起来当场回应？作为一名学生，我究竟有什么样的权利？如果保持沉默，我会失去什么？如果表达观点，我又会丧失什么呢？

我一直等到下课，等到所有人都离开了这间会议室才走上前去，对着这位资深的放射科医生礼貌地问了一句："老师您好，能和您说句话吗？"

"当然，"他说，"有什么问题吗？"

"首先我想说您刚才的课程非常有趣，非常有意思……"我回答道，"但有一个细节，我想您可能自己也没有留意到或者说没有意识到它意味着什么。"

"哦，是吗？什么细节？"

"嗯，我父亲是中国人。您刚刚说所有的中国人都长得一模一样，这句话让我感觉很不舒服，甚至是刺耳。我明白您可能不是那个意思，但是我想说这句话真的让我感到不自在。"

他站在那里，一时不知道要如何回应。他俯下身，看着我。我在他面前显得好小。紧接着，他搂着我的肩膀说："真是太抱歉了！我没有任何那种意思。真的，我只是想说明一种情况。嗯，这个比喻实在是不恰当。你说得对，我不应该这样说。"

"嗯，没事，"我说，"我就是觉得应该和您说一下。"

"非常谢谢你提醒我。嗯，你现在读几年级？"

"大三。"

"我能知道你的名字吗？"

"亚历克斯。亚历克斯·林。"

他看着我，好像要一眼看穿我，而后赞许地笑了笑。

"亚历克斯·林，很高兴认识你！谢谢你的意见。祝你一切顺利！"

他转身走出了房间。空荡荡的会议室里一片寂静。

我在脑海里遥想着多年前，远在三千英里外的那家杂货店后面的停车场，继而也转身走出了房间。我对自己笑了笑。在那一瞬间，我知道自己已经走了有多远。

局外人

查尔斯·威科夫（Charles Wykoff）

"查理[①]，记得带上些阅读材料来科室。"

一开始我没明白这是为什么。当我跟着带我的妇产科医生在门诊实习了一天之后，我就彻底地明白了。原来有大约50%的患者都不希望我在问诊的现场。这倒不是因为她们不愿意有一名医学院的学生在场，而是因为我的性别。假如我是一名女生，她们肯定特别乐意让我参与检查。或许，在诊室周围张贴一张"男士止步"或"男士不得入内"的告示会让整个

[①] 查理是查尔斯的昵称，这里指作者本人。

过程更容易一些。

说实话，我能理解患者的立场。我以前也曾对妻子说过希望她最好去看一位女性妇科医生。可是，当带我的妇产科医生转头对我说"不好意思，你得先出去一下，我等下去办公室找你"时，我的心里很不是滋味。那种感觉甚至都不仅是沮丧，更是恼怒。我对办公室助理关于实习生表现的提问方式感到困惑，对带我的老师压根不问我一些问题感到不解，对患者甚至都不允许我听取病史回顾感到难受，对患者的丈夫或男朋友动不动插嘴说他们不希望有一名男学生在场参与检查而感到愤怒（这种事我一天之内还碰到了两次）。总之，我对现状很不满意。我想来看病的患者知道（或者应该知道）这家医院是哈佛医学院的教学医院。如果他们想要一个绝对私密，没有任何实习生参与的就诊环境，那么他们应该去其他的私人医院。不然，他们以为未来的妇产科医生要如何培养而来呢？

第一天门诊实习结束后，我对自己身为一名男性感到遗憾，对允许我留在检查室参与问诊过程的每一位患者心怀感激。问题是，我来医院实习的目的是接受临床训练，以期在未来能更好地服务于患者，然而我在这里却被剥夺了进行实际操作的机会，甚至丧失了了解妇科病史的机会。最终，在我有限的妇产科实习过程中，我只参与并完成了四次阴道检查，却始终没能有机会完成一次直肠阴道的双手检查。真希望我未来永远也不会遇到有妇科类疾病的患者。

妇产科是一个博大精深的医学领域，是极少数将用药、手术和长期护理熔于一炉的领域之一。它需要从业者对女性的整个生命过程——从产前护理到青春期再到绝经后的状况——都有着充分的认识和了解。作为一名男性，来妇产科工作真不是我的个人选择。的确有男性妇产科医生，甚至有的医院因为男性妇产科医生的匮乏而积极招募他们成为自己的住院医师。现实的情况是尽管有部分女性对妇科或者产科医生的性别并不在意，但是绝大多数的女性更希望遇到女性妇产科医生。我因此自问，为什么非要一头扎进这个总会被当作"局外人"的领域呢？

在入读医学院之前，我以为自己一定会优先选择儿科、肿瘤科。在我很小的时候，我有一位姐姐因急性髓系白血病离开了人世。我并没有因为这件事而从小立志要成为一名医生。直到进入大学以后，我才真正开始思考人生的方向，曾经尘封的记忆也才鲜活起来。我自觉学医就是我未来奋斗的方向，是我必将全力以赴的事业。

后来当我进入哈佛医学院，仔细观察我身边这些医生的日常工作和生活后，我慢慢发现外科领域可能更适合我。我喜欢做手工，喜欢各种需要手眼协调的运动。如今，过去的付出和努力已让我成长不少，更重要的是，我发现自己待在手术室里的时间远比最初预想的要多得多。

当今天的我再一次谈及理想，我想进入一个能将儿科、肿瘤科、外科手术和相对长期的医患关系全部融合在一起的领域——这就是我的理想。幸运的是，这样的医学领域有很多。目前，我还在继续寻求和探索，但我知道妇产科绝不会是一个选项。

铜墙铁壁

无名氏（Anonymous）

清晨七点，我准备出门。检查了一遍钥匙、手机和平板电脑之后，我一股脑地将手里的维生素、营养补充剂和抗抑郁药物随水吞下，同时在心里默念着可别把什么给忘了。好了，深呼吸，开始给自己打气！每天一早去医院前，我都会按压下内心深处的不安，自我激励一番。我给自己的鼓励听起来有点像小品人物斯图尔特·斯莫利[①]在电视综艺节目《周六夜现

[①] 斯图尔特·斯莫利（Stuart Smalley）是美国喜剧演员艾伦·斯图尔特·弗兰肯（Alan Stuart Franken，1951— ）创作和表演的小品中的虚构人物。

场》[1]中的口头禅:"我好棒,好聪明,天啊,怎么会有像我这样的人!"看到这儿,你可能会哑然失笑,但这个"仪式"对我来说至关重要。它能帮助我战胜自我,应对挑战,直到我再也撑不住的时候。到那时,这个仪式会再来一遍。我每天大概会"自我激励"三次,一次五分钟。我需要它,我的"不安"也需要它。

大三伊始,有一位贴心的医生曾提醒我们这些医学院的学生说,我们之后去医院实习一定要带上自己的"铜墙铁壁",要随时做好准备用它来抵挡各种"攻击"——各种合理或无理的批评、指责以及可能在病房里遇到的各种不尊重。我一开始并没有把他的话太放在心上。然而,过去五个月的实习经历让我彻彻底底地明白了它的重要性,因为真会有人朝我大喊大叫,对着我叫嚣谩骂,贬低我的意见,甚至当着所有人的面把我的临床表现批得体无完肤。实习期间,实习医师会和我玩心理战;住院医师表面上和颜悦色,背后却给出不冷不热的评语;一起实习的小伙伴

---

[1] 《周六夜现场》(*Saturday Night Live*)是一档在美国家喻户晓的周六夜间直播的喜剧类综艺节目,由美国全国广播公司(NBC)于1975年10月播出至今。

们总会让我觉得自己一无是处；主治医师更是"虐"得我泪流满面。承受着这一切的我其实正在服用一种抗抑郁的药物，并且每两周会见一次心理医生。

每天早上我都会督促自己振作起来。我的内心有一个声音一再地告诉自己这就是医学教育的模式，我要武装好自己。唯有历经这样的训练，我才有可能成为一名好医生。但与此同时，我的内心还会冒出来另一个极其严苛且恼人的声音。它揪住我曾经的所有错误和误判告诉我尽早放弃，因为坚持也没有用，我这辈子压根没可能成为一名自己梦想中的外科医生。这个苛责的声音如此聒噪，总是逼迫着我不停地将自己和其他的实习生进行比较。我能和他们一样照顾那么多的患者吗？我的笔记和他们的相比很差吗？我学到的知识有和他们学到的一样多吗？他们得到的评分是不是比我的高呢？这种充斥着自我怀疑、自我评判和不安全感的声音一直在我的内心轰鸣作响。有时候，我觉得自己就要撑不住了。然而，每当我和患者们在一起，和一心只问我是否能帮助到他们的人面对面地站在一起时，这种声音却又消失不见了。

在我面前总是"张牙舞爪"，以羞辱我为乐的实习医师一遇到主治医师就温驯乖巧得犹如一只小羔羊。有时候我感觉自己好似加入了某个有霸凌传统的兄弟会[①]。为了锻造出符合兄弟会整体理想形象的某种集体精神和意志，所有的个人特质都不得不被一一打碎。我们就这样陷入了一种毫无意义的内卷之中。

也许有一个可以对抗这种消极情绪的好办法，那就是告诉自己如果今天我无法适应并战胜这种充满压力的环境，那么将来我又如何能承担起治病救人的生死大任呢？以后每一次站上手术台，不论累积了多少经验，我都需要为手起刀落的每一步认真负责。面对手术台上的生死之约，我想此刻我所经历的打压和轻视都不过是无足轻重的过眼云烟。

妈妈常说那些打不败你的终将让你变得更强大。记得小时候她教我直除法时，又或是我调皮捣蛋的时候，她都会冲我发火。我常常因此一个人跑去洗手间哭得稀里哗啦。可她从不心软，每次都让我擦干眼泪回去继续做题。神奇的是，我真就在那一天学会了直除法。在很多方面，大三这一年都和那一天一样。尽管学习的路途艰难且陡峭，但一切都会好起来的。每当我一个人躲在更衣室哭泣的时候，没有人会陪伴

[①] 兄弟会（fraternity）是一种西方传统的社团组织，成员为男性。

在我的身边或是拉着我的手轻声安慰。我当然也拥有来自朋友和家人的支持，但我知道每日清晨我只能独自往前奔跑。我知道我一定要记得带上自己的"铜墙铁壁"。

学会放手

萨钦·杰恩（Sachin H. Jain）

我在一家重要的学术中心工作时曾被派去照顾一名患有红斑狼疮的男孩。他叫本尼，19岁，一天因在祖母家门外突发癫痫而被送至急诊室。在此之前，他已停药两周。

本尼压根不想住院。每个人对此都心知肚明。在刚入院的前三天，他多次试图逃跑。医院最终不得不在他的病房外配备了保安。每次我问他有什么可以帮到他的，他都会重复同样的话："带我离开这儿，好吗？我想回家，我没生病。"

事实上，他不仅生病了，而且病得很重。根据已做的腰椎穿刺、核磁共振、CT扫描和血培养的检查结果来看，我们基本上排除了他是受细菌感染的可能性。这也就是说，红斑狼疮已经开始攻击他的大脑，他因此出现了短期记忆受损、步态不稳且全身关节疼痛的症状。不幸的是，本尼的姑姑在22岁那一年也患有红斑狼疮，并被夺去了生命。

在医学上，我们使用"主诉"一词来描述患者的原发疾病。尽管红斑狼疮是本尼的主要疾病，但并不是他的"主诉"。相比于红斑狼疮这一疾病本身，他对生病事实的抗拒则更加致命。白天，他态度对抗、神情冷漠，但一到夜晚，他就像是换了一个人。他会在我们面前哭泣，非常脆弱。他会担心自己在睡梦中死去，甚至会寻死觅活。他也会偶尔谈起被亲生父亲抛弃的童年，聊起自己想要有朝一日在纽约成为一名时装设计师的梦想。"看见我这条牛仔裤了吗？"他问道，"这是我自己设计的。"医疗团队发现，只有将白天与黑夜两个截然不同的本尼拼接在一起，才会得到一个本尼的完整图像。也许，我们正在和他建立起一种医患之间的信任。而这种信任，恰恰是他进行自我改变，面对真实病情的基础。

在我们的不断催促下，本尼终于同意见见医院里负责儿童及青少年心理健康的医生。心理医生基本上消除了我们对本尼有自杀倾向的担忧。他们解释说本尼的表现只是一种"沮丧",一种面对疾病时会自然产生的逃避心理。不过,他们提出本尼有必要进行定期的心理健康咨询。"他心里藏了太多的东西,"心理医生说,"他的妈妈虽然经常来医院看他,但并不懂得要如何与他相处。"的确,本尼那种对自身疾病予以断然否认的态度也引发了他们母子之间的隔阂与冲突。他们有两次差点在我面前打起来。

本尼的状况和态度开始慢慢地发生改变。临出院前,他已不再过度焦虑,也不再抵触治疗。不过,令我没想到的是治疗的重大突破就发生在他出院当天。他之前虽然同意了与医院心理科的医生会面,但一直强烈拒绝去门诊科看心理医生。出院那天办理手续时,我抱着试试看的态度最后一次问他是否考虑以后定期去门诊看心理医生。

"嗯,行吧,你帮我预约吧,"他说,"看看我会不会喜欢。"

他出院后的第二天,我便联系了他家附近的一个健康中心,为他预约了定期去那里见心理医生的时间。之后,我打电话给本尼的妈妈,让她密切留意他的情况。

"他会呕吐,不过喝下去的大部分东西并没有吐出来。我现在最担心的是他的睡眠。他总睡不好。我和他说了,如果一直这样的话,就得带他再次回到医院。"

我问她:"我们之前开的安眠药唑吡坦(zolpidem)没用吗?"

"本尼的医药保险不涵盖这个药,所以我们没拿到。你能帮我们开具一张保险替代豁免表吗?"

"当然没问题了。"我承诺说稍晚打电话告诉她大概什么时候会将保险替代豁免表传真到她取药的药房。

带着这个使命,我先去找了带我的住院医师。她晋升为住院医师刚刚一年左右。我说本尼有失眠问题,问她能不能帮忙开一张保险替代豁免表,或者换一种安眠药。

住院医师突然劈头盖脸地问我:"你为什么给他打电话?"

"我只是想问问他回家以后感觉怎么样,同时告诉他已经帮他预约好了一位附近的心理医生。"

住院医师说:"这不是我们的责任。一旦他出院,他之前的保健医生就会接手。"

我回答说:"我不太明白。"

住院医师接着说:"我知道你想帮他。可是如果我们更换了之前的处方或者是把保险替代豁免表传真给他们,我们一来无记录,二来无法实时跟进后续的情况。这些都是他的保健医生要做的事。这也是住院和日常保健的区别。一旦患者出院,我们就没有了继续追踪的权利。"

听她这么说,我无比郁闷。我说:"问题是那个安眠药是我们给他开的,是我们对他进行治疗的一部分。而且,自从两年前他被诊断出红斑狼疮之后,他的保健医生就再没有跟进了。也就是说,本尼的保健医生对他的近况一无所知。我是想趁着他现在愿意,赶紧帮他预约见心理医生的时间。"

住院医师接着说:"是,但这不恰好是一个可以让他和之前的保健医生再次建立起联系的机会吗?不论怎么说,他都应该先去见自己的保健医生,再由对方给他推荐一名心理医生。我知道你一心为他好。可是,你得学会放手。他不再是我们收治的患者了,懂吗?你不应该再给他打电话了,明白吗?"

我瞬间感觉那些原本吸引我踏上学医之路的基本

价值——医患之间神圣且具有改变性力量的关系——在这个一对一的对话中变得一文不值。我悄悄地走出了住院医师的办公室，接着去询问团队里另外一名医生还能怎么办。

"是应该去见保健医生，这个没错。"他说。

我又跑去询问医院药品科的药剂师。

"下一次最好在患者出院的前一天开好药方。这样，患者的妈妈可以核对一下有哪些药是他们的保险包括的。"

"可直到他出院那天我们才知道开的是唑吡坦。"

"明白，不容易。可是抱歉，我没法帮你。"

还有位医生告诉我，一旦患者出院，医院是无法再向对方收费的。

我一时骑虎难下，不知该如何是好。我打电话给本尼的妈妈将整个过程一五一十地复述了一遍。我提醒她赶紧和本尼之前的保健医生联系。她和我一样也觉得本尼之前的保健医生对本尼的现状一无所知。她问我，本尼在医院不是一直接受的是我们的治疗吗？我只好把住院医师的话又重复了一遍。尽管在我看来，那只是合理化我们不作为的牵强借口。本尼的妈妈没有再质疑什么。那天晚上回到家，我知道这又将是本尼的一个不眠之夜。显然，在医疗团队看来，本尼曾经是我们的患者，但出院后理应由他人接管，而他的问题也不再是我们需要关心的了。一张出院单就这样让我们从医疗工作者变成了逃避高手！

那晚，我拨通了爸爸的电话。他告诉了我一句一直以来他都会和自己学生讲的话：永远要善待自己的患者。所以我最终还是选择单独和本尼以及他的妈妈保持联系。我每天都会和她通电话，说说心理医生的预约情况，问问本尼的感觉。他有两天没去见自己的保健医生，大概一周后才拿到购买安眠药的处方。本尼的妈妈依然很焦虑，她担心有一天本尼会再次因癫痫发作或是其他更严重的问题而入院。

医院的运行大抵是为医生处理"紧急病情"提供一个具有临床适用性的工作环境。如果我们的临床适用性仅限于将诊断与治疗相匹配，那这个逻辑说得过去。问题是，面对像本尼一样患有慢性病的患者，医院要怎么办呢？对这一部分病患来说，预后的情况取决于医患之间长久的互动关系，而不是住院期间有限的责任关系。大抵所有的医院，住院医师或护理团队都不会以我的方式对本尼的情况做出反应。可是，我们在他过去八天住院期间获得的有关他病情的认识怎么可以轻易丢弃?我们刚刚帮助他建立起来的那份接受自身疾病的信任又怎么能随意践踏?难道这一切都是可以被肆意浪费的废旧杂物吗?

在美国,由整个医疗行业推进,行业内部诸如飞跃集团[1]这样的评估机构保驾护航以及保险公司的赔偿机制予以支持的医院运行模式对大多数人来说都是行之有效的。但是,我们不应忘记还有像本尼和他的妈妈这样的患者及患者家属。他们无法理解"住院"和"门诊"之间壁垒分明的区别。他们只是有着身为普通人最朴素真诚的愿望,那就是遇到一位可以治病救人的好医生。住院医师与保健医生泾渭分明,这只是在人为地设置界限,从而鼓励了住院医师在患者出院后不再履行医生的职责。

1926年,哈佛医学院历史上知名的医学教授弗朗西斯·韦尔德·皮博迪(Francis Weld Peabody,1881—1927)曾经面对一群医学院的学生发表了一段著名的演讲,他说:"关怀患者的秘诀就在于照顾

---

[1] 飞跃集团(Leapfrog Group)是美国发布最具权威性的医院安全评估报告的非营利机构。它根据患者安全指数和医疗质量对美国各家医院进行调查和评级。

患者。"我不知道时至今日当皮博迪博士获知"关怀""照顾"早已不再是医患关系中必然存在的一部分时,他会作何感想。

疗愈的旋转圈

切尔西·弗拉纳根·伊兰德·博德纳

(Chelsea Flanagan Elander Bodnar)

我有时会去坐落在圣保罗大街,离柯立芝转角剧院(Coolidge Corner Theater)不远的圣保罗圣公会教堂参加周日礼拜。无奈的是,不论礼拜活动是在早上九点、十一点还是八点、十点开始,我次次都会或早到或晚到一个小时。结果,很多时候我只能在邻近的一家星巴克咖啡店而非这座有着石砌外立面和二十世纪七十年代内饰风格的美国圣公会教堂里对着一份周日版的《纽约时报》和两份大杯拿铁陶冶情操,净化心灵。在医院实习的第一个月结束后的这个周日,我比以往任何时候都更想要抽出时间去趟教堂。这一次，我又早到了一个小时。不过，我喝完了手中的拿铁后便走进了教堂，坐在了后排的一张长椅上。

这一天的礼拜除了通常的读经讲道与福音布道之外，还特意举行了美国圣公会允许女性成为神职人员三十周年的庆祝仪式。当天的"圣餐"也因为庆祝女牧师刚刚完成的同性婚礼而异常丰盛，各式甜点和小菜琳琅满目。想必负责烹饪的招待组成员花费了不少的心思。和以往任何一个周日一样，"圣餐"之后是专门为个人进行集体祷告的时间。以往，我都是一边听，一边给家人或男友发短信告诉他们今天读经的内容或是忙着做下一周的工作计划。这一天，圣保罗圣公会教堂的神职人员在"圣餐"仪式后在教堂的圣所前方形成了一个时聚时散不断更新的圆圈。当你站起来，这个堪称具有奇妙疗愈功能的祈祷团就会来到你的身边，有人会上前握住你的手，在你的头上涂抹膏油。我之前从未想过要在这个环节多有逗留，哪怕是一秒钟。我更愿意当一名落座在教堂后排，毫不引人注意的旁观者。我也几乎从未参加过领取"圣餐"的环节，不论当天的食物看上去有多诱人。可想而知，要我在大庭广众之下站在那儿等着祈祷团的成员发现我，握住我的手并为我涂抹膏油，是多么不可思议！

可就在这个周日，我想要留下来的念头一闪而过。不知道为什么，有那么一刻我觉得，只要能获得一点疗愈与安慰，即使站在大庭广众之下，也未尝不是一个好主意。当祈祷团开始走动，我好奇为什么今天的感觉会与以往不同。身体上，我和我的家人、朋友们都算健康。心理上，我特别高兴自己即将迎来相对轻松和平静的一个月。要知道，这个早晨是我过去数周里第一次有闲情逸致可以一边喝咖啡一边读报纸的时间。

可是紧接着，她们的名字便无比清晰地出现在了我的脑海中：亨廷顿女士、米森女士、罗珊娜女士。在她们听到人生噩耗的那一刻，当她们陷入对未知的恐惧在偌大的医院里孤独地走完人生的最后一程时，我就在她们的身边！是的，她们是我送走的第一批患者。

随着祈祷团离我越来越近，我的眼泪夺眶而出。我心里很清楚，不管喝了多少杯拿铁，我都需要这份祈祷帮助我为过去的一个月画上一个平静的句号。我想也许正是因为我接触的都是切实需要医治的患者，所以我可以站在会众的面前为他们诚心祷告。然而，当我的前排开始有人起身领取"圣餐"加入这趟奇妙的疗愈之旅时，我深深地意识到那个迫切需要疗愈的人其实是我自己。

我站起身，疗愈的祈祷团开始围着我转圈。足足有那么几分钟，我就一个人站在那里接受着大家的祝福。或许他们知道我时常出现在后排，几乎从未参加过"圣餐"仪式。不一会儿，其中的两位女士朝我走来。一位看上去很年轻，黑发中漂染着几缕白色；另一位则较为年长，体形略胖，戴着一条橙色的围巾。年轻的女孩将手放在我的头上，年长的立马为我抹油。她们问我要为谁祷告。当我发现自己结结巴巴地说"为我自己，还有整个团队"时，我笑了。"整个团队"？什么意思呢？是每晚听我讲话的每一位患者，还是过去一个月我加入的医疗团队？来不及仔细思考，祈祷团就已经开始为我和我那个意涵并不明确的团队真切地祷告。祷告结束后，我退回到后排的座位上，感觉有点傻，却又好像感觉好多了。

辛苦了

沃尔特·安东尼·白求恩（Walter Anthony Bethune）

这是我在急诊室轮转实习的最后一天。说实话，急诊室的高强度工作已经让我的身体严重透支。过去三周里，我每隔一天就需要连续工作二十四小时。急诊室里层出不穷的紧急状况让我在情感上也倍感压抑。与此同时，我在精神上也已经不堪重负。我总在试图跟上资深住院医师的脚步，想要将对方需要的东西事先准备好，但大多数情况下我都没有办法做到。我也一直希望自己能在危急时刻帮上忙，尽可能地避免"着急上火，乱了方寸"。每当外科医生或主治医师正要因为下属办事不力发火时，资深的住院医师都会来一句：可别在这个时候"着急上火，乱了方寸"。

好在我就要熬出头了。我已经做好了参加实习总结会的准备。在会上，我想我将会知道自己在哪些方面做得不错，又在哪些方面还有待提高。我期待着得到对我的临床表现真诚且公允的评价，也希冀着能聆听到如何改进的建议。这毕竟是我的第一次临床实习，我迫切地想要知道人们对我工作的反馈，而这些反馈将有助于我有朝一日成为自己心目中的良医。

结果，我从资深住院医师那里得到的唯一反馈是他紧握着我的手，目光坚定地对我说了一句手术结束时的常用语："白求恩医生，你辛苦了。"话音刚落，就听到嘀的一声。他立马松开了我的手，面有怒色地看了一眼短信，咕哝了一句："我去！这么多紧急情况！"转身就朝繁忙的急诊室跑去。

什么情况？！我的实习总结会就这么结束了？"辛苦了"——这是什么意思？我应该怎么办？是我太糟糕了吗？是我的临床表现差到让他不知要从何说起，因为没法给我反馈，所以只能拍拍我的手，敷衍地说上一句"辛苦了"？还是我过去三周的表现太出色了，各个方面都无可挑剔，所以他实在是给不出什么意见和建议？还是说因为他太忙、太累、工作量太大，所以根本没有留意到我过去三周的表现？又或者是他根本就不在乎？

自从轮转实习以来，我和不同的住院医师一起工作过。我总是会积极地寻求他们对我工作的反馈。每隔一段时间，我还真会听到一些极具建设性的好建议。但更多时候，我得到的反馈不外乎是"你做得不错"或者"没什么可担心的"，又或这种你不知道要怎么理解的"辛苦了"。

从小学、初中、高中到大学，甚至在医学院的前两年，我都知道自己学业成绩好，表现得不错，所以有没有别人的反馈好像无关紧要。可是，现在在病房工作，尽管我不断激励自己努力向上，白天照顾患者，晚上还点灯熬油地看文献，但是我对自己究竟做得怎么样却心里没底。我不知道自己的所学是不是真会让我成为一名真正的医生。除非过来人给予我正确有效的指导，否则我怎么能知道自己是不是走在正确的道路上呢？

问题是我很多时候都不明白这些"过来人"究竟在说些什么。劳累过度的资深住院医师最常讲的是："你要成为团队的一分子。""来，帮忙打个下手。""麻烦去餐厅帮忙买份午餐。""哎哟喂，别挡道！"而那个像大佬一般的主治医师，尽管我有一个月的时间天天和他在一起工作，但他从来都没有直接和我讲过话。也许，他压根就不知道我的名字，更别说他会觉得我在临床实践中具体能做些什么了。如果我是大四的学生，情况也许会好一些。我真的不知道究竟可以从谁那里获得真诚且公允的评价。

我想我还是应该回到最初梦开始的地方。如果我做到了尽我所能，踏实勤奋，将我认为对日后行医工作有用的知识一一掌握，那么有可能我会一如我从小学到大学再到医学院前两年的求学历程那样做到让自己和他人都满意。届时，我想我可以看着镜子里的自己，真心实意地说一句："辛苦了！"当然，在一些最基本的层面，我还是要多读多听，找到对日后具体的临床实践有用的各项知识。但归根结底，我首先应该听从内心的声音。我相信它会不断地激励我努力向前，追求卓越。当然，它偶尔也会告诉我"可以了，是时候放松一下了"。我应该相信自己的直觉，学会不过度揣测，学会不怀疑自己未来在医学界的发展。别人良好的反馈或评价当然重要，但是无论有没有得到别人的评价，也无论是从谁那里获得评价，我都不能守株待兔，等着别人来告诉我究竟做得怎么样。我想只有我接受了足够好的教育和训练,我才能在未来更好地为病患服务。所以,我只需要一如既往,不忘初心!

第二天,我就在自己的"百宝箱"中又存放了一笔"财富"。这笔"财富"就是一旦我想要得到他人的反馈,我就首先应当"相信自己的判断,迈步向前"。话虽简短,但它会指引着我一路努力,直至有一天能够为病患们"辛苦地工作"。

再来一遍

格洛丽亚·蒋（Gloria Chiang）

我记得自己在手术室完成的第一例手术——一例简单的脂肪瘤切除术。我记得自己手拿手术刀划过患者的皮肤，使用烧灼刀分离筋膜以及阻断动脉切口时内心涌动的那份激动，就好像自己已经是一名身经百战的老手。

我记得自己第一次面对血管的突然爆裂，浑身溅满鲜血时的那份惊恐。

我记得自己一连几个小时在手术室进行皮下缝合，却始终觉得做得不够"漂亮"时的那份懊恼。

我记得晚上十点钟走出医院，因为不用值夜班而在心里盘算起自己还有六个小时可以吃饭、洗澡、睡觉和准备第二天一早的报告。

我记得在生日当天值班的日子,记得自己为了让患者做好术前准备是如何劝诱他喝下通便的"歌丽"①的,记得自己为了确认输液后有排尿而每隔一小时就去探望一次的那位老太太,记得自己为了确保患者有去楼下做腹部CT而几乎每隔一分钟就查看一次电脑记录。

我记得那天突然接到朋友来电,说他在急诊室因为针扎入喉而不得不上蛋白酶抑制剂。

我记得自己最喜欢的急诊室主任抱怨说:"我浑身发热。"

我发现原来自己不喝咖啡也能每周工作100个小时。这和人们常说的完全不一样。

我发现内科的医生和外科的医生真的在九点钟的用餐时间分区而坐。

我发现人们如何看你往往与他们自己的情绪而非你个人的表现直接相关。记得有一次,我被一位主治医师当面训斥后偷偷躲进盥洗室一直等到他下班后才

---

① "歌丽"是一种刺激肠胃蠕动的通便制剂,多用于术前的肠道清洁。

走出来。可谁能想到他在两天后又笑着对我说我做得很出色。

我发现原来普外科等级森严。我记得在病房实习的第一天，我糊里糊涂地在一间会议室里坐到了一张大桌子旁。一位做助理的同学赶紧跑过来，悄悄对我说实习生不能坐在这儿。我当时既没出声也没挪地方，用行动表达了无声的抗议。

我学会了不再抱怨。我记得有一次急诊室里来了一个醉酒的流浪汉。他直肠崩裂，里面长有蛆虫，整个房间顿时充满了腐肉的气味。第二天我和弟弟通话时，他告诉我他一晚上都在用压舌板从一位患者的腹泻物里寻找对方吞下肚的一小包海洛因。

我学会了要相信自己的临床判断。我记得自己第一次不同意住院医师和主治医师对一位阑尾炎患者的诊断意见。当患者的CT结果显示为阴性后，一位资深的创伤科专家在阅览室对着大家说："别看她年纪小，很聪明的。"那一刻，我能感受到自信的小苗正在心里发芽。

我曾经以为等手术室的轮转实习结束了自己会大舒一口气。没想到，恰恰相反，我不愿意相信在手术室的日子这么快就结束了！衷心希望自己可以再来一遍。

成 长

维斯纳·伊万诺维奇（Vesna Ivančić）

一、父母

"维斯纳，听爸爸说，这个世界上最重要的就是态度。"

背景声中传来了妈妈放碗的声音。我就知道他俩一定会开免提。妈妈从来都不会一次只做一件事。听着家中银质碗碟叮叮当当的声音，我不自觉地在脑海中打开了从靠露台的那扇窗户往右数的第二个抽屉。紧接着是将锅放进炉盘下方抽屉的声音，它的旁边就是冰箱。洗碗机的搁架沿着轨道轻松滑动，看来所有的碗盘都已悉数取出。我听到了妈妈赤脚走在温暖的木地板上的声音。哦，我的家，我爱我在加州的家。

"我知道，爸爸。"我说，"我也在努力让自己有一个积极的态度。"

爸爸从来都是一针见血地指出我的问题。

大概除了生物学家最常用的果蝇[①]和孟德尔的豌豆[②]，我和我爸就是彰显遗传规律的最佳例证。我是他的翻版，他是我的免疫系统也绝对不会攻击的外来抗原。即使我们俩偶尔意见相左，我也会在他铿锵有力的逻辑分析之下重新思考和定位。我几乎从来不会一上来就反对他的意见。怎么说呢，身为一名软件工程师，我爸好像自带一种特殊的纠错功能。他总是能够很快地发现别人思想中的漏洞，而后按下"重启键"。于是，每次当我在他的指引下恢复"大局观"的时候，我都会对自己之前的想法哑然失笑。我有一次专门问他："你怎么这么了解我呢？怎么就逃不出你的手掌心呢？"他神秘地笑了笑，说："要知道，你可就是我呀！"哈哈，神奇的遗传学。

[①] 果蝇（Drosophila）被广泛运用于遗传学的研究当中，被认为是最佳的模式动物。

[②] 孟德尔（Gregor Johann Mendel，1822—1884）是一名奥地利的传教士，被称为"现代遗传学之父"。他自1856年开始了长达数十年的关于遗传学规律的研究。他最初以老鼠为研究对象，但最终确定"豌豆"为其首要的模型体系。

我当然也有我妈的影子。譬如第二天一早我开始在儿科轮转实习时的那股冲劲就是她给我的。我一直希望自己能多像妈妈一点儿。可惜，她的耐心、宽容和"超人妈妈"的本事都与我无缘。外科实习刚刚结束，我竟然有些失落和难过。真难相信明天一早当地铁轰隆隆地驶过麻省总医院（MGH）那一站时，我不会像往常那样匆忙下车，而是会继续留在座位上，一路过河去往剑桥站。说实话，一想到我即将在剑桥医院的儿科实习，会在孩子父母极不情愿的眼神中接过病重的孩子，我就不由得觉得惶恐。这种感觉自打我勤工俭学做家庭保姆之后就有了。

妈妈鼓励我说："亲爱的，别担心，放手去做，尽全力就好！我们一直爱你，永远和你在一起！"

舅舅去世后妈妈经常这么讲，我一点儿也不爱听。永远在一起？我们现在就不在一起呀。如果说这种"在一起"是精神层面上的，它反而像是在提醒我终有一天他们会永远地离开我。真不敢想也无法想象那样的日子。也许，此时的"无法想象"迟早都会成为现实，就像童话迟早会破灭。譬如我早已不再相信自己会变成能一眼辨识人心的飞天仙女。可是，究竟是从哪一天开始，又因为什么不再相信了呢？我说不清楚。或许，生活本就没有童话，而成长也总是倏忽而至。

二、孩子

我提前一小时到达了剑桥医院。这个时间点，如果我还在外科轮转实习，那可就是迟到了一个小时。十月周一的这个清晨，我们四名实习生恰好对应了在儿科住院的四个孩子。这样的配比，我之后再也没有遇到过。在正式开始实习前，我们四个人先去探望了这四个小患者：一个患有肺炎的幼儿，一个患有反应性气道疾病的幼儿，一个患有病毒性脑膜炎的男孩和一个因蚊虫叮咬而患上蜂窝组织炎的少年。从一间病房到另一间病房，感觉一个小时中的大部分时间我们都在排队洗手。

大约是在上午的什么时间，主治医师拿着两块呈紫色条纹的载玻片走了过来。她就像哈梅林的吹笛人[1]那样招呼着所有的住院医师和实习生一起往下前

---

[1] 哈梅林的吹笛人（the pied piper of Hamelin），又译为花衣魔笛手、彩衣魔笛手等，出自一个古老的德国民间故事。该故事讲述了来自哈梅林的吹笛人拥有魔法，在鼠患严重的地方通过吹奏笛子的方式消灭鼠患。

往六层的实验室。尽管患有蜂窝组织炎的少年已静脉注射了抗生素，但情况一直不见好转，甚至当天早上还出现了皮疹，给人一种不好的预感。载玻片上经过处理的血液样本正是他的。当红色的血液滴入粉色和紫色的染剂之中，载玻片突然被晕染出一种艺术的美感。病理学家熟练地将载玻片固定到位，通过镜头只看到一两个血小板。她仔细观察那些尚未发育成熟的白细胞，却发现它们无法正常生长。她告诉主治医师说："现在无法给出一个明确的诊断，除非看到芽细胞①。"随后我们轮流在显微镜前进行观察。当我抬起头时，不自觉地冲着对面的一位同学挑了一下眉毛。我们俩其实刚刚认识，但眼神对视的那一刻说明我们俩想的一样——怎么会提到芽细胞呢？没有人提过白血病呀。"白血病"三个字怎么会和"蚊虫叮咬"出现在同一个句子里？我紧紧抓住病理学家说的"无法给出一个明确的诊断"。是呀，现在还没看见芽细胞，不是吗？

主治医师听了之后叹了口气。她为不得不中断我们第一天的实习介绍而深感抱歉，还说等她见完患者

---

① 芽细胞（Blast）是指在血液中异常增加的不能发育完全的白细胞。

家属，联系好在麻省总医院的骨髓活检之后就会回来。实验室的气氛非常低迷，她一边挪动椅子、整理文件，一边安慰我们说："这种情况并不常见。"

有位实习生立马回应说："没事，实习有这么一个开始也还挺酷的。"主治医师听到这句话顿时停下了脚步，跟在她身后的我们一个一个地依次止步。"这一点儿也不酷！"她厉声说道，"这个男孩两岁的时候我就认识他了，他现在随时可能死亡！"

我们一个个低下头看着地面，尽量不和那位已经面红耳赤的同学四目相对，尽管大家都明白他其实没有那个意思。我们一个个也都羞愧难当。但是，没有时间解释。眼前的一幕就像是一幅电影画面。我们迈着沉重的步伐回到楼上。就在一群身穿白大褂的年轻学子围坐在一张办公桌前讨论病历和接诊记录的同时，主治医师前去通知一位母亲，她的孩子可能已身患绝症。

三、医院

骨髓活检被安排在了第二天。我到达埃里森18号——麻省总医院儿科部分科室的所在地的时候，男孩已经靠着化验室的门框在等待了。他一只手还扶着输液架。我突然不太确定他是不是我昨天看到的那个少年,毕竟,我们只见过一面。他站起身的样子远比躺着看上去高大。我又自我介绍了一次,还跟他说剑桥医院的人都向他问好。怎么会冒出来这么一句呢?就像是背了一句台词:"你好,我带来了河对岸王国的问候。"还有人这么说话吗?我立马转换语句,问他感觉怎么样。"还行吧。"他说。他惜字如金的样子好像是在提醒我可别忘了他是一个酷酷的十四岁少年。显然,他就是那种要是放在十年前我和他说话都会紧张的男孩。

"做上活检了吗?"我问他。我尽力让自己的语气听上去既平淡又克制。

"还没。他们迟到了,比之前说的晚了二十分钟。"

"哦,要我和你一起去吗?"

"嗯。"

"那你感觉怎么样呢?"刚问出口我就意识到自己已经问过了。怎么办?好在这一次他给了我一个新答案。

"还行吧。他们说我会在这儿住上几周。他们觉得我可能得了白血病或其他那种挺吓人的病。"

"嗯,听上去是有些吓人。"

他看了看我,以一种"无所谓"的态度耸了耸肩,接着说要去趟洗手间。我觉得他可能只是想借故离开。他应该是不想和我这个毫无经验又笨嘴拙舌的实习生接着聊了。我带来了整个医院的问候?天啊,真不知道我刚刚是怎么想的!我暂时应该不能赢得他的信任了。就在他推着输液架前往洗手间的时候,我在心里和他说了声再见,接着朝电梯走去。

我感到自己的心脏一路从工作服内怦怦地直跳到了手指尖,就像是刚刚结束了在滨海路的慢跑一般。聊天结束其实让我如释重负。我对此不由得感到愧疚。我在逃避什么呢?尴尬吗?不舒服吗?不想面对死亡?不知如何回答患者有可能提出的问题?还是不知如何给患者希望?这些不都是我应该在医学院学习和掌握的内容吗?我从电梯旁的窗户望出去,看到了医院的直升机停机坪。我靠在那里,一直在犹豫自己下一步究竟要做什么。是像现在这样临阵脱逃,还是转身再回去呢?如果回去,我好像又有点不敢。可能我从一开始就选错了专业。我应该选择成为一名飞行员,或者再难点——一名宇航员?这时,我犹疑不定的片刻好像突然间凝固成了永恒。最终，我看了一眼自己的球鞋，以一个慢动作转身朝埃里森18号走去。我选择了再次回到患者的身边。

有意思的是，我回去的时候他竟然还没从洗手间里出来。他应该压根不知道我刚才试图"逃跑"。我走进病房和他的父母打了声招呼。他们笑了笑，既温暖又友好。他们说谢谢我过来看他。几分钟后，我们接到了肿瘤科医生的电话。于是我们一行人朝通往儿科重症监护室的电梯走去，就是那部刚刚我没有搭乘的电梯。护士推着他走在最前面，我紧随其后，再来是他的父亲和正在哭泣的母亲。我的脑海里顿时浮现出去年参加表哥葬礼时的画面。当时，表哥的朋友们抬着棺木走在最前面，我们一大家人手持白玫瑰跟随其后，表哥哭泣的父母彼此搀扶着走在最后面。几乎是一模一样令人不安的顺序。这是谁的安排？男孩回头对爸爸说："你可千万别哭，别让我尴尬。"我呆呆地站在原地，爱莫能助地看着男孩的母亲。

采样提取结束后，我拿着装有男孩骨髓和血样的试管去找肿瘤科的医生，然后再搭电梯返回楼上去告诉他的父母。当时病房里只有他的母亲，她一看到我就哭了。我跪在她的身旁，握着她的手，抱歉地说自己当年在学校选修了法语而不是西班牙语,所以无法和他们用西班牙语直接交流。"法语更难,是吗?"她冲我说。我为什么总喜欢选难的呢?现在看,法语虽美却丝毫派不上用场。"能为你做点什么吗?"我问她。其实我知道她想要的我根本没有。

她摇了摇头,接着告诉我孩子的爸爸去餐厅了。

我告诉她要多吃点东西,好好休息然后积极寻求帮助。她点了点头。我这是在给一位真正的母亲当妈妈吗?

望着窗外的查尔斯河,我终于明白了为什么人们会说有些东西看上去好似在千山万水之外。眼前的查尔斯河就像是一幅投影在墙上的全息图像:青草、绿树、波浪、船只、大桥和汽车。一切都那么美,那么不真实,那么无用。我站起身时才发现自己的手一直放在她柔软的手臂上,大拇指来回地揉搓着,这是妈妈每次安慰我的动作。也许是这个熟悉的动作,也许是她戴在手指上的那枚银戒指,让我想起了过去。男孩母亲手上的那枚戒指看上去和妈妈给我的几乎一模一样。三个月的外科实习结束后,我才重新戴上了它。我还是有遗传"超人妈妈"的一些特点的,譬如这双手。妈妈的手看上去比我的肤色更深,血管更突出,但是我和她一样都有着大大的骨节和长长的手指。

如果是我患有白血病，即使接受化疗也只有50%的存活概率，即使能够顺利地从兄弟姐妹那里移植到骨髓，也只有65%的存活概率，那我的妈妈会怎么办呢？我突然意识到上课就要迟到了，于是连忙朝电梯跑去。一位一起上课的同学在护士台拦住我，问我刚刚去做什么了。

"嗨，维斯纳，你不是在剑桥医院轮转实习吗？"他对着我喊道，"你是怎么认识这个患白血病的孩子的？"

"不还没确诊吗？"我立马回了一句，"今天来这边做活检。"

"哦，今天吗？"

我感觉自己就像是电视剧《急诊室的故事》里的某个角色，正在回答卡特医生的问话——"过去一个月，你处理了多少病例呀？"心里顿时一阵不舒服。我礼貌性地冲他点了点头，一点也不想再聊了。我又一次不耐烦地开始等电梯，只是这一次并非由于内心的恐惧，而是一种我自己也说不清楚的情感纠结。

我听见脑海里有个声音说："维斯纳，加油！"男孩的母亲就在拐角处。我能明显感觉到自己的胃正在向后收缩挤压到后背的位置。我开始大口喘气，烦躁地连续按压电梯按钮，一次比一次用力。记得有位同学之前说过自己可不想成为那种"总忍不住要按电梯按钮的外科医生"。一想到这儿，我感到好生羞愧。此刻，我真心希望自己能成为一名合格的外科医生，希望这个男孩患病的种类属于做手术就可以被治愈的癌症类型。

可惜我还不是一名外科医生，至少现在还不是。我伸手捂住自己的嘴巴，以免有人听到我压抑的哭泣声。我不知道如果让孩子的父母看到我这样，他们会不会误以为消息非常糟糕。"不，不行，不能让患者丧失希望！"我是在哪儿读过这句话？如果他们看见了，肯定会联想到最坏的结果。电梯还没来，不行，不能再等了，我决定走楼梯。十二步……往左……又一个十二步……转弯……又一个十二步……再往左……再一个十二步……到二楼了……

四、成长

晚上，我接到爸爸妈妈打来的电话。姐姐因为同学聚会也从兽医学校赶回家过周末了。她在电话里和我聊起动物椎窝和自己正在读的《狗的解剖学》中的部分章节。我听见姐姐的朋友大声说他爱加州——"哇，真是太漂亮了，真不敢相信你们俩都是在那儿长大的。"爸妈接过电话后，妈妈顺着说："是呀，回想起来都是美好的回忆。"

"我说你们……"我话到嘴边却没说出来。

"怎么了？你听上去不是很开心。"爸爸说。能听得出来，他有点失望。他每次都能通过我的声音发现我的情绪状况。如果我声音清脆，那就意味着情绪还不错。根据情绪传递原理，全家人自然也都会心情舒畅。

接着我就和家人讲起了自己最近遇到的这个男孩。从他罹患白血病到他家人的情况，我都讲得很仔细。之后，我又提及了一些他们其实已经知道的事。我开始忍不住想，原本这个男孩可以和朋友们一起打扑克、一起在暴雨中奔跑，伸出舌头舔那流淌在手指上的冰激淋，抬头看四周叽叽喳喳的鸟儿。又或者是拼命赶上了一趟火车后心满意足地大口喘气，在人行道中间停下来系鞋带，自己更换冰箱里坏了的灯泡等。可是，这一切他似乎都已无缘再做了，他甚至都没有来得及长大。所有这一切都要怪那些愚蠢的白细胞吧！它们怎么就不能正常发育呢？

爸爸妈妈他们一直在静静地听着，然后老生常谈提醒我说："这个世界没有什么是理所当然的，再平淡的日子都实属难得，而我们每个人真正拥有的不过是现在。"说到底，唯有爱与家人最为珍贵。我欣慰地觉得这个男孩他有爱，有家人。他和我一样也拥有着现在。或许，他还会和我一样拥有明天，甚至是后天。当然，没有人知道明天究竟会怎么样。

蚊子可真是无处不在。记得克罗地亚有一句古老的谚语："蚊子咬你，说明你的血很香甜。"我打小就不怎么招蚊子，那个时候我在想：难道是我的血太苦了？如今，苦或不苦，我都希望血液里的所有细胞都在自然地生长发育。我也希望自己各方面都在努力地向上生长。

结　语

我带着一群医学院的学生在一家儿童医院参观，经过术后观察室时我们看见医护人员正在悉心照料那些从麻醉中苏醒过来的孩子们。尽管我并不身在其中，但依然自豪地介绍起现代医学和现代儿科学发展的核心内容：病区的整体规划、监测和帮助患者呼吸的各种医疗设备以及接受了高度专业化训练的护士群体。

那天恰好有机会现场观摩一位麻醉师从一个啼哭的孩子的气道中抽吸出分泌物的全过程，这是一次将学生们在课堂上学习到的有关辅助通气和麻醉气体药理学的知识转化为具体操作的现场教学。

同学们的反应让我看到了现代医学教育的真实现状。他们并不质疑抽吸分泌物的必要性，但自认还做不到像刚才那位医生那样镇定自若地处理这一类问题。他们问我如何才能如此冷静且果断地从一个哭哭啼啼的孩子的气道中抽吸出分泌物。换言之，实际动手操作的过程远比同学们在生理课上的随堂练习更直接，也更紧急。他们中的大部分人都自认暂时还做不到这种程度，也一致觉得那些可以进行插管的医生，尤其是那些还可以做切合小手术的医生绝对和自己不一样。有同学问："是不是只有那些沉着冷静、不受外界干扰的学生才有可能成为合格的医生？要怎么样才能做到这一点呢？"

面对他们提出的问题，我意识到今天需要讨论的重点并不是医学知识，而是医学生（未来的医生）们的心理建设。我也认识到成为一名合格的医生实际上意味着一个人要接受诸多的"第一次"：从哭喊的孩子的气道中抽吸出分泌物，听病患谈个人隐私，实践如何扎针和将手伸进患者的身体，等等。对怀抱着"成为一名医生"的梦想而踏进医学院的大一新生来说，他们的自我认知将会面临诸多的挑战。在大多数情况下，这种自我认知的断裂和重建会很快完成。很多人只有在大三结束时经他人提醒才会想起那段纠结迷茫的时光。

同我们今天在术后观察室偶遇的医生们一样，一批又一批的医学生正在迈入职场成为医生。他们经历的转变过程让我深有感触。首先,当一个人选择成为一名医生或者医疗保健行业的从业者,那么他在接受职业训练的过程中就不得不面对大量的负面情绪,尽管大部分的负面情绪都会随着时间的流逝而消散。其次,只有正视并了解这些负面情绪产生和转变的过程才能真正理解"成为一名医生"的含义,才能认识到医学教育必须人性化的迫切性,学生也才能在老师的帮助下学会如何倾听患者的诉说。最后,同学们的犹豫、迟疑和不解也恰恰点明了整个医疗保健行业的从业者正在面对的难题。仍以术后观察室的工作为例,当我们采取的某项医治手段会给患者带来痛苦时,医护工作者如何给患者提供情感上的支持?如何才能保持治疗与安慰之间的平衡?

近年来,一名医学生应当成长为一名怎样的医生早已不单单是医学界内部讨论的问题了。医学界内部的确也一直在思考和检视我们对医生的期盼究竟是什么。根据医学研究所出具的一份标题为《人非圣贤,孰能无过》(*To Err Is Human*)的报告,我们发现,病患在美国所能得到的医疗救助远达不到其应有的水平。因此,我们需要致力于减少伤亡、提高就医质量。我们需要思考什么样的医生能够引领医疗服务水平的整体提升，思考医生怎样做才能获得改善整个医疗体系而不仅仅是诊疗某位患者所需要的知识、技能和态度。

这本书中收录的文章为解答以上问题提供了部分答案，其中每篇文章的作者为我们详尽地描述了他们从课堂到病房的实习经历，展现了他们逐步成长的心路历程。这种深度的记录和思考将有助于我们进一步探索怎样才能为他们的成长提供更好的条件。

尽管我们可以读到一些有关医学专业实习的小说或回忆录，但长期以来，在我们的医学教育体系中，我们始终缺乏对"怎样成为一名医生"的完整阐述。我们也从来没有一个可以让医学生讲述个人经历的平台。对医生自身心理变化的探究似乎极其自然地被排除在美国医学教育的大门之外。医学院里开设有各种讲解微生物、胚胎和肿瘤发育过程的课程，却唯独没有一门课会涉及医生自身的成长。我们要求学生认识疾病，探究患者，却唯独不要求他们体认自己。这种对自我检视的忽视也延伸到了病例研究当中。商学院的案例分析通常都会描述当事人，而医学院的案例却往往会隐去患者。

这种不进行自我检视的传统不仅忽视了医生的成长历程，也真正阻碍了对这一方面的观察。当医学生谈及一些让其深受困扰的情况时，譬如：被住院医师大声地训斥，在患者医治无效时被患者家属眼含热泪地表达感谢，发现一个导致患者死亡的错误诊断等，他们的自我检视与反思往往都被贬低为个人抱怨或情绪发泄。再譬如，当一个无家可归的患者因时常到访急诊室而被大家戏称为"飞行嘉宾"时，一名实习生对此表达的不满往往会被其他人取笑为"典型的小菜鸟式的抱怨"。

这本书中讲述的故事打破了这一传统。它不仅让长期以来沉默的学生群体有了发声的机会，也呈现了他们在成长为医生的过程中既难以描述又至关重要的挑战。

第一项挑战是要做到坦诚面对。医生不是希腊神话中的智慧女神雅典娜，一出场就懂得如何观察、如何思考和如何灵活自如地运用知识进行诊断。事实上，这是一个有着阶段性发展标志的缓慢过程。

学生在与病患的实际接触中会遇到诸多课本上从未提及的问题，譬如：身为医生，你如何应对部分施救措施必然给患者带来痛苦的现实？在这种情况下，你要如何让患者感受到你的关爱？对两难问题的思考恰恰是一名医学生成长为一名医生的第一步。也许，他们最初只会觉得这是自己个人遇到的特殊情况，但很快就会发现这是成长为一名医生的必经之路。今天，越来越多的学生认识到了个人经验的重要性，并乐于将个人观察和反思与同伴们一起分享。他们将自己的观察整理成文字，也在研讨会上积极讨论。我的一位同事丹尼尔·费德曼（Daniel Federman）将这一类的研讨命名为"反思港"。

学生们或许已经意识到困扰他们的这些问题其实涉及整个医疗保健行业的方方面面，从对患者安全的保障和医疗质量上的瑕疵到对患者及医护人员缺乏尊重，等等。有些学生很自然地提出了自己的疑问，有些学生鼓足勇气质疑，还有一些学生则一直没有发问。他们中的一些人从日常观察和发现问题开始，继而反思自己的所见所闻，并试图挖掘背后的原因；另一些人则以此为契机着手提出改变医疗护理现状的方式。这些实习成果对整个医疗行业来说无疑都是最好的。换言之，个人的观察和经验最终转变成了整个行业协同努力寻求调整和改变的契机。医学生们以及其他医护人员的观察与反思由此也成为不断提升整个医疗服务质量的源泉。我们对"从学生成长为医生"的过程越了解就会越有助于医学界的教育工作者为同学们提供更好的支持和帮助。

第二项挑战是我们应如何理解医务工作者需要具备"双目立体"的能力。什么是"双目立体"呢？它指的是医务人员既能将病患看作发病机制中的一环，又能看作是具体的个人。在疾病中看见人的存在对一名医生来说至关重要。长久以来，人们对医学院的感觉和体验在某种程度上都是冷冰冰的、缺少"人味"的。然而，学生们的笔触却让我们看到了故事的另一面。

在医院的实习经历往往会带给医学生剧烈的自我认知的挑战，促使他们重新审视自己心中有关他人及其身体的各种根深蒂固的禁忌。在实习过程中，他们需要倾听他人的隐私，需要触碰他人的身体，见证失去生命的时刻，甚至是亲手解剖熟人的遗体。所有这一切哪一件不是非同寻常的经历呢？

医学院通常被看作是一个会让个人珍视的一些能力丧失的地方，譬如人与人之间交往互动的能力。但是，书中的文章所彰显的事实正好相反。它们呈现出一种从医学生到医生更为复杂的转变。在入读医学院之前，我们未来的医生们可能和其他人一样，只会从表面来看待他人。但入读医学院之后，他们在学习中慢慢开始具备从生物学角度看待个人的能力。当一名医学生走在大街上，看见某个路人的胳膊有些肿胀，他会不自觉地开始思考导致这种淋巴水肿的原因和它的解剖特征。这种转变的过程既令人兴奋又让人不安。

逐渐地，当一名医学生能够独立钻研临床医学问题，且不受个人情绪干扰地进行临床医学的实际操作时，他们开始表现出一种令众人敬畏的品质。但是，这种新的感受和体验可能会在一段时间内令他们感到困惑，一如今天这群医学生们在术后观察室里的反应。十九世纪伟大的医生威廉·亨利·奥斯勒爵士将这种品质称为"平静心"（来自拉丁语aeqanimitas）。学生们的叙述说明了平静与冷漠或麻木是多么不同。

医生探究自己的成长历程重要吗？医生得到的重视难道还不够吗？事实证明，探索一名医生的成长过程非常重要。照顾病患安危的医生需要积极反思以期获知和了解更多的信息。在术后观察室，充满热情的安全护理不仅需要医护人员具备专业的知识和技能、惊人的体力和心力进行高强度的连续工作，还需要他们拥有团队合作精神、和上级有效沟通的能力（当意外发生时）以及能够实时关注患者和他们自己状态的能力。

这些素养或能力都是在不断试错的过程中累积得到的。最近，在一家教学医院的产科发生了一例胎儿意外死亡的案例。尽管当事医生提出胎儿母亲的状况不理想，使得意外发生的风险增高，但最终的调查结论指出悲剧发生的主要原因是产科各部门的合作不力和无效沟通，尤其是住院医师在与其上级产生意见分歧时没有获得处理问题的权限。这种坦诚且令人难过的内部自我检查将会改善整个产科的运作方式。基于对这次事件认真的反思，相关部门将加强关于团队合作的训练并修订上下级医生之间的权限与职责分配。

我们希望，这本书所收录的文章将有助于公众了解医院的运行方式和医学生成长为医生的学习与进步的方式。有助于医学领域的教育者认识到学生们的讲述不仅是个人经历，而且是支撑他们建立和拓展医生这个身份的基石。这种在实践中不断地解决问题并及时反思的需求并不会随着大三学年的结束而结束，因此我们希望年轻的学子们在大三实习过程中习得的这种能力会在其日后漫长的行医历程中得到不断的运用。

与此同时，我们对书中的作者都怀抱着殷切的期待。我们希望他们可以将现有的个人经验与远大的理想抱负结合起来，在医学界充分发挥自己的才华，成长为知行合一、在治疗疾病的过程中看到"个人"的好医生，促使整个医疗体系始终围绕着我们一贯珍视的核心价值——关爱与诊疗——不断地向前发展。

医学博士戈登·哈珀

本作品中文简体版权由湖南人民出版社所有。
未经许可，不得翻印。

图书在版编目（CIP）数据

成为一把柳叶刀 / （美）苏珊·波利斯，（美）萨钦·杰恩，（美）戈登·哈珀编著；白瑞霞译. -- 长沙：湖南人民出版社，2025.6.
ISBN 978-7-5561-3505-9

Ⅰ.①成…Ⅱ.①苏…②萨…③戈…④白…Ⅲ.①随笔－作品集－美国－现代Ⅳ.①I712.65

中国国家版本馆CIP数据核字（2024）第058910号

First published in the United States under the title: THE SOUL OF A DOCTOR: Harvard Medical Students Face Life and Death
© 2006 by Susan Pories, Sachin H. Jain, and Gordon Harper
Foreword © 2006 by Jerome E. Groopman, MD
Published by arrangement with Algonquin Books of Chapel Hill, a division of Workman Publishing Co., Inc., New York

CHENGWEI YI BA LIUYE DAO

成为一把柳叶刀

编 著 者	[美]苏珊·波利斯　萨钦·杰恩　戈登·哈珀
译　　者	白瑞霞
出 版 人	张勤繁
责任编辑	刘　婷
封面插画	常　箩
装帧设计	刘　伟
责任校对	张命乔
出版发行	湖南人民出版社［http://www.hnppp.com］
地　　址	长沙市营盘东路3号
邮　　编	410005
经　　销	湖南省新华书店
印　　刷	长沙超峰印刷有限公司
版　　次	2025年6月第1版
印　　次	2025年6月第1次印刷
开　　本	880 mm × 1230 mm　1/32
印　　张	9.125
字　　数	160千字
书　　号	ISBN 978-7-5561-3505-9
定　　价	59.80元

营销电话：0731-82221529　（如发现印装质量问题请与出版社调换）